曼陀罗悬疑馆

给您最好看的原创悬疑小说

地球思考期

良苑栎 著

贵州出版集团
贵州人民出版社

图书在版编目（CIP）数据

地球思考期／良苑栎著. —贵阳：贵州人民出版社，2017.9

ISBN 978-7-221-14359-4

Ⅰ.①地… Ⅱ.①良… Ⅲ.①长篇小说－中国－当代 Ⅳ.①I247.5

中国版本图书馆CIP数据核字（2017）第235061号

地球思考期

良苑栎／著

出 版 人　苏　桦
总 策 划　陈继光
责任编辑　陈继光　肖锦汉
特约编辑　陈胤凡
封面设计　源画设计
版式设计　陈红昌
出版发行　贵州人民出版社（贵阳市观山湖区会展东路SOHO办公区A座）
印　　刷　长沙鸿发印务实业有限公司（长沙市黄花工业园3号）
版　　次　2017年10月第1版
印　　次　2017年10月第1次
印　　张　16.75
字　　数　200千字
开　　本　710mm×1000mm　1/16
书　　号　ISBN 978-7-221-14359-4
定　　价　29.80元

地球思考期

DI QIU SI KAO QI

目录

CONTENTS

CONTENTS

CONTENTS

第一章

她往最大的那栋楼走去，趴在窗户上往里面望着，但是里面没开灯，黑乎乎的根本看不清楚。这时候她感觉好像有哪里不对劲，她把脸拿开，看到窗户倒影里除了她的脸之外还有另外一张脸。

01 封存的记忆

咚咚咚，咚咚咚，门外响起了敲门声，接着是吵吵嚷嚷的声响，走廊里似乎显得很热闹。

“秦蕊！你再不开门，我可要把门撞开了！”

秦蕊皱起了眉头，终于把目光从书页上移开，她有点不耐烦地合上书，将那本看了一半的大头书放在座位旁边的一叠书籍上。

“秦——”没等外面的人反应过来，秦蕊就把门打开了。

门外站着穿着黑袍子，脸色惨白，嘴角露出两颗虎牙的高个子男生，左手揽着一个小丑女装扮的女生，右手拿着一瓶红酒。

“嗨，小蕊。”小丑女挺着丰满的胸部，朝她打了招呼。

“嗨，莫俪。嗨，乔晋。”与门外的帅哥靓女组合相对比，外貌平淡无奇的秦蕊将手插进连体裤的口袋里，扎着丸子头，挺着黑眼圈说道。

“小蕊，看这里！”乔晋原地转了个圈，露出尖牙道，“我的吸血鬼装扮怎么样？”

“哦，我以为是男巫呢。”秦蕊耸了耸肩。

“你什么眼神！”乔晋有点生气地瞪了她一眼，然后上下打量，“你是什么装扮，神奇宝贝大师？”

秦蕊白了他一眼：“我不打算参加万圣节聚会。”

乔晋摸了下她的额头：“你没毛病吧，这可是我们在学校的最后一次万圣节啊！”

“那，又怎样？”秦蕊苦笑着，“我还有书要看呢，玩好，明天见，拜，莫俪。”

“哦，拜……拜。”莫俪有点反应不过来地说道。

秦蕊啪地甩上门，乔晋以迅雷不及掩耳之势伸出了胳膊，如果不是常年锻炼出肌肉，肯定要被门给夹伤了。

“神经病啊你！”秦蕊又吃惊又不理解地看着他。

乔晋摩挲着胳膊上的红印子，有点吃痛地说道：“小蕊，大学三年你都没参加过万圣节活动，你就答应我参加一次吧！”

秦蕊皱着眉头。

“小蕊，你就参加一次嘛，万圣节很好玩的。”莫俪顺势溜了进来，抱住了秦蕊的胳膊。

“这……可我也没准备服装啊。”秦蕊苦笑着。

乔晋转身突然将路过的一个小个子男生拉了过来，将他脸上的面具扯了下来：“借一下。”

“欸，可那是我的……”小个子男生话没说完，抬头一看到乔晋，突然客气地说道，“原来是乔晋啊，嗯嗯，没事没事，你尽管拿去用吧。”

“兄弟，谢了！”乔晋拍了拍他的肩膀，重新将他推回走廊，然后脱下身上的黑袍子，和着面具扔到秦蕊怀里。

“这是……”秦蕊摆正面具，原来是千与千寻里的无面人。现在可真的想推掉都不行了。

过去秦蕊从未参加过这种聚会，在人多的地方总是让她感觉神经紧绷，无法放松。说实话戴上面具确实是个不错的选择，至少她不会直接面临那种暴露感。

夜晚的灯光把周围的人都照得迷迷蒙蒙的，街道两边传来电视声或者音乐声，一些人嬉笑着，一些人唱着歌，从宿舍楼下来的一路上，都可以看到各种装扮的人簇拥着往酒吧走去，如此光怪陆离的感觉就好像她曾经在书里看到的那样，这一切让她有点兴奋起来。

一路上都有人在和他们打招呼，当然全都是冲着乔晋和莫俪的，毕竟他们可以算是声名远扬的国民 CP 了。一米八七的篮球领队和身材火辣的啦啦队领队，简直是偶像剧里的配置。等他们三个进入酒吧时，欢呼的热潮就更厉害了。

德古拉和小丑女凑一对时，谁还会关注身后尾随着的无面人？如果灯光再暗一点，秦蕊都快完全消失了。

聚会一开始秦蕊还能跟得上他们，跳舞的音乐一响起，她就被成功挤到了外围。不过秦蕊本来也不会跳舞，只好放弃跟随，往卡座的地方挤出去。

等落座时，秦蕊把面具一掀，发觉已经是满脸大汗了。她一边从桌上抽着纸巾擦脸，一边开始怀念宿舍里的那堆还没看完的书籍。

看着舞池里群魔乱舞的人群，秦蕊的肚子突然咕咕地叫了起来，她摸了摸瘪瘪的肚子，这才记起来，傍晚看书看入迷了，晚饭还没吃呢。酒吧好像也没有什么能填饱肚子的……

正在她考虑要不要回去宿舍的时候，对面突然有两个女孩走了过来。

“秦蕊？”其中一个打扮成女僵尸的女生眨着一双大眼睛不确定

地问道。在她旁边还有一个打扮成女巫的小个子女生。

“你是……”秦蕊觉得这两个人看起来有点眼熟。虽然她认脸的能力一向很差，但下一秒脑袋里的那两个人就快能对应上了。

“我是珍利啊，这是雪儿，你不记得我们啦？”女僵尸热情地说道。

“啊，嗯，我当然记得。感觉你和以前不太一样了……”秦蕊露出和善的微笑。

珍利笑了笑，“我以前比较胖，现在瘦下来了。倒是你，好像没什么变化。”她一边说着一边拉着雪儿一起坐在秦蕊的旁边，“你也是 H 大的？”

秦蕊点了点头：“英语系的。”

珍利和雪儿对视一眼，都似乎觉得很惊讶，“真没想到，就隔了一个系，整整三年多，我们竟然都没碰到！”

“哈，是啊。”秦蕊挠了挠头发，实际上大学三年多，她基本除了上课就是在图书馆和宿舍里，唯一的朋友还只是小学就认识的乔晋，交际圈实在很有限。

“哎，说来也奇怪，我从来不相信电视剧里那种特别巧合的事情，可是今天真的是巧了。”珍利一副大惊小怪的神情说道，“我们应该是初二之后就没再联系了吧？”

“好像是的。”秦蕊对时间的观念不怎么强，珍利和雪儿是堂姐妹，她们如果考一个大学，总是一起出现也不为怪。但是秦蕊和她们确实有很多年没联系了。

“我们刚才还在说那件事呢，那时候差不多也是这样的季节。”珍利一边说着一边招手叫来三杯鸡尾酒。

“应该就是万圣节前后，只不过那时候我们没过万圣节的习惯。”一直插不上嘴的雪儿开口道。

“不知道你还记不记得……”珍利看向秦蕊，“就那天放学后，我们三个去附近的浅水湖游泳，雪儿差点溺水了。”

“你说的是……”秦蕊呛了一口酒，咳嗽起来。

“那时候真是惊险啊，幸好当时有位路过的老伯及时出手帮忙。”珍利长吁了一口气，仿佛当时的惊吓还历历在目。

雪儿也是感概万千：“以前好多事现在想起来都觉得是初生牛犊不怕虎，根本没想后果。我记得在那之后，我好长时间都很怕水。”

“我们真应该感谢那个老伯。”珍利说道。

“已经过去这么久了，再想找估计也找不到了吧，而且我都忘了他长什么样了。”雪儿嘀咕着。

“秦蕊，你怎么脸色这么白？”珍利转过头看着一直沉默着的秦蕊。

“当时……当时天空是不是变红了？”秦蕊瞪大了眼睛，向前倾着身体，紧紧地抓住珍利的手。

“啊？你是说变黑了吧？我记得当时有下雨……对吧？”她望向雪儿。

雪儿点了点头：“我们去的时候还是晴天，但我记得我游出去有一阵子，天突然一下子变黑了，我当时有点吓到，想快点游回去，但一紧张腿就抽筋了。”

“秦蕊，你没事吧？”珍利有点奇怪地看着她，眉头皱了一下，“你有点抓疼我了。”

秦蕊急忙松开手，一道红印印在珍利白净的胳膊上：“对不起，对不起，我不是故意的，我刚才走神了。”

珍利笑得有点勉强。

“你们确定当时真的没有奇怪的东西还有一些很怪异的现象？”

秦蕊有点语无伦次。

“没有吧，我不知道你指的是什么。”珍利挑着眉，同时和雪儿交换了个“发生了什么事”的疑惑表情。

“怎么可能……那时候不是这样啊……”秦蕊皱着眉头，眼神放空着。

舞池里的曲子又换了一个风格，珍利用胳膊肘支了下雪儿，她们俩一起站了起来，珍利道:“那个，我们要去跳舞了，你要一起去吗？”

见秦蕊仍然毫无反应，眼神怔怔的，珍利和雪儿对视一眼，然后她们一起悄悄离开了。

她们不知道秦蕊想起的是与她们完全不同的一段往事。

02 个性的差异

那是五年前的一个冬天，那时候秦蕊还很活泼爱玩，与珍利还有雪儿关系很好，在珍利的怂恿下，她们三个决定去附近的湖冬泳。

可是那天发生的事情却并非如此平常。

当时她们下了水，珍利游得有点远，而且接近傍晚，雪儿开始有点担心了。她们喊着珍利的名字，想把她叫回来，但珍利却根本没有听到。秦蕊只好让雪儿先上岸，她去拉珍利回来。

秦蕊记得那时候湖水很冷，等她到达珍利身边的时候，她发现珍利眼睛睁得大大的，似乎定住了。她摇着珍利，珍利指着前面的湖面。

湖面上漂着一个楠木盒子，盒子上似乎镶了碎钻，在晚霞的照耀下发出特别梦幻绚丽的七色光。

“珍利，等一下，我觉得我们不应该乱捡东西。”秦蕊迟疑道。

“这么小一个盒子你以为会有什么？鲨鱼吗？”珍利嘲笑了她一下，然后游过去捡起盒子，秦蕊隐隐有点不安。

她们把盒子带回岸上，雪儿抱着双臂已经有点发抖了，水珠从头发上一颗颗掉下来。

“我们打开看看。”珍利提议。

几个人忍不住好奇心，打开了盒子，里面有一颗很古怪的水晶球，这颗水晶球像极了她们头顶天空的颜色。傍晚时分暗蓝色的苍穹，底部沉淀着晚霞一般的颜色。她们都看呆了。雪儿突然伸手去摸了下水晶球，但是珍利一下子把水晶球抱在怀里。

她们开始互相争抢，都想摸一摸水晶球。

结果在争抢的过程里，水晶球掉到了地上，一下子碎成好几片，里面的液体变成鲜红色，染得脚下的土地一片血红。

突然头顶的天空也变得越来越红，最后就像完全变成了血红色。秦蕊记得当时她们都被这诡异的一幕吓坏了，雪儿开始大哭，像个婴儿一样一直不停地喊着妈妈，珍利和秦蕊也开始慌了神。

湖面突然变得黏稠，像沼泽一样冒着泡。有个人形的身影从湖水里冒出半个身子，接着更多的人形身影从湖里冒出来，然后往她们的方向爬过来。

雪儿已经吓得晕了过去，秦蕊和珍利都愣住了，根本没法动弹。

那个身影拖住了雪儿的一只脚，开始将她往湖水里拖。

“雪……”秦蕊感觉喉咙好像被呛了一口冰，想要开口说话都难。她来回地看着吓傻的珍利和晕倒的雪儿，最后终于抬起脚往身后坐了下去，她的脚好像失去了所有的力气。

突然一根箭嗖的一声扎在了那个拖着雪儿的身影身上。那个身影就像一个装满水的气球，一下子爆了，只剩下水花四溅。

接着无数的箭嗖嗖地扎进湖水里，那些成形的人影全都又消失了。

秦蕊听到天空传来了直升机的声响，她抬起头，看见一只直升机从远处开来，在直升机的机舱口站着一个女人。

她有一头像着了火的红发迎着风飘扬，戴着墨镜，穿着紧实的马甲和皮裤，手里拿着弓箭。

那是她关于那件事所记得的最后一幕，她一直以为这是个梦，因为当她再次醒来，是躺在家里的床上。

醒来后并没有什么异常，好像一切都照着原来的轨迹在重复。只是她对昨天还是前天的记忆似乎有点混乱，对这个梦却记得很清晰。

秦蕊醒来后第一件事就是打电话告诉了乔晋，他们一直共享着所有秘密。那时候的乔晋还是一个中二少年，所以他对这件事也很感兴趣。

不过乔晋告诉她，如果昨天真的发生那样的事情，那全世界应该都能看见血红色的天空异象，但周围并没有人讨论这件事，也没有新闻报道这件事。

秦蕊觉得乔晋说得也有一些道理，而且当她去学校时，发现珍利和雪儿仍然和平常一样。

她一直没有问珍利和雪儿，因为她们曾经嘲笑过她的那些中二幻想。况且当时对她而言，已经确信那是个梦。

如果不是这一次万圣节的巧遇，从珍利和雪儿嘴里亲耳听见她们关于那件事的描述，她也根本不会再想起这个梦。

可是现在，她真的有点分不清了。

难道是她把梦和现实混淆了吗?

等秦蕊回过神时，发觉身边的座位已经空荡荡的了。她往四周看去，珍利和雪儿都不见了踪影。

这时候她发现乔晋正拨开人群往酒吧的一侧走去，秦蕊急忙跟了上去。

舞池里人潮汹涌，人群随着音乐节奏扭动着身体。秦蕊挤过人群，终于在酒吧后的巷子里找到正在吸烟的乔晋。

后巷里仍然能够听见从里面传来的爵士乐，乔晋靠在墙上点了根烟，看见行色匆匆的秦蕊，向她招呼道：“嗨，小蕊，你刚才跑哪里去了？”

“乔晋！有件事我一定要和你说，那天，血红的天空那件事，不，不是……”秦蕊手舞足蹈地比划着。

“深呼吸深呼吸……你慢点说。”乔晋拍了怕她的后背。

秦蕊深吸了几口气，这才镇定下来，说道：“你还记不记得初二的时候，我告诉你我和两个女生一起去游泳的那件事？”

“游泳？”乔晋斜靠着墙壁，抬头望天，“好像有点印象，那两个女生是不是叫什么珍雪？”

“是珍利和雪儿。”秦蕊忙接着说道，“我刚才在里面遇到她们了，她们和我讲起了游泳的那件事！”

“哦。”乔晋吸了口烟，懒懒地说道，“这不是很正常吗？你又不爱出门，难怪不知道她们也是同校的。”

“不是。”秦蕊着急得快头冒青烟了，三言两语又把当时的情况和乔晋说了一遍，“重要的是，你说那是我的梦，可是事实上确实发生过那样的事情。”

“等等。”乔晋又抽了口烟，但神色正经多了，“她们说的和你说的也不一样啊。”

“这个我知道，可是为什么我记得的会和她们不一样呢？”秦蕊抓着头发说道，“雪儿根本就不是溺水，我也不记得有什么老伯出来帮忙，事情根本不是那样的。”

“小蕊，你真是看书看太多了，脑袋都记混了吧。”乔晋揽过她的肩膀，笑着道，“别想那么多了，和我去跳舞放松放松就好了。”

秦蕊愣了一下，厌恶地挣开他的手，她真没想到乔晋会敷衍她：“你根本不会理解……”是啊，她怎么会傻到以为乔晋还和过去一样？

乔晋扔掉了烟头，用皮鞋踩灭了火花，似乎用了很大的决心才问道：“我不理解什么？”

“你什么都不理解！”秦蕊脱口而出。

秦蕊很失望地想要离开，但是乔晋抓住了她的手臂，又把她扯了回来：“我觉得我们需要好好谈谈。”

秦蕊抬起头，在昏暗的灯光下，仍然能够看见他脸上那种自信的神色，就好像一切都在他的预想和掌握之中，无论到哪里，他都可以如鱼得水，成为主人公。

“我们已经不是一类人了，乔晋。”秦蕊低下了头，“我不知道该和你谈什么。”

“我知道你在怪我。”乔晋叹了口气，“我们以前确实玩得很愉快，可是……小蕊，看看你现在的样子，你不愿意接受改变，你不愿意长大，你甚至……甚至除了我之外，根本没一个朋友。”

“哈？我似乎没有求着你当我的朋友。”秦蕊的心简直要沉到谷底了，却仍然死要面子地说道。

乔晋苦笑了一下，舔舔干燥的嘴唇：“你知道我们永远是好朋友。我不会离开你。就因为是好朋友，我才关心你，才不愿意看到你这个样子。我知道我的方式可能有点强人所难，明知道你不愿意参加聚会，还硬拉着你参加。我真的只是希望你能够更……快乐一点。你明白吗？”

秦蕊咬着嘴唇，其实她明白乔晋是为了她好，也明白自己如果能够融入其他人的圈子或许可以更快乐一点，可是她还记得家里有了第一台卡带机的时候，乔晋和她一起玩卡带游戏的美好日子，以及他们一起看的漫画，一起追的科幻剧，一起研究的那些稀奇古怪的事情，一起相信有外星人存在……

还有亚里亚……那个陪伴他们两个人的奇幻世界，曾经说过的所有约定和只属于他们两个人的秘密。为什么要改变这一切呢……

“小蕊！”乔晋用力地摇着她的肩膀，“你到底有没有在听我说！不要再去想那些不切实际的事情，再有半年我们就要毕业了，你到底有没有想过未来？有没想过进入社会之后，你到底要怎么生存下去……”

“未来？”秦蕊抬起了头，有些无奈又有点迷茫，“也许你说的对，乔晋，我是该好好想想。”

“你会做到的。”乔晋轻轻地抱了下她，“不要忘了，任何时候，你需要帮忙，我都会在你身边。”

乔晋的拥抱似乎给了她很大的安慰但也有一丝矛盾，秦蕊稍微放松了紧绷的神经：“你说得对，也许原本就是那样的，不会有任何奇迹，也许我该学着接受，不再胡思乱想……”

03 内心的矛盾

和乔晋告别后，秦蕊回到了宿舍，当她打开门时，宿舍里满满当当的书籍一下子映入眼帘，大三之后宿舍其他人都搬走了。虽然她们在的时候，自己也并没有觉得多热闹。反倒是自从宿舍空下来，她把喜欢的动漫海报、从图书馆借来的各类图书都搬到这个宿舍，一下子让这个地方感觉温暖多了。

她把乔晋的黑袍子脱下来后，躺在床上拿起那张无面人面具，不知为什么，感觉它好像在嘲笑自己。她闭上眼睛，脑海里都是乔晋和莫俪在跳着热辣的舞蹈。

她感觉到心脏很难受。

不知道什么时候，两个人合在一起的影像变成了熊熊燃烧的火焰，火焰如同在舞蹈一样跳跃着，跳跃着，接着变成了那个穿着马甲的女人那一头飘逸的长发。视角慢慢拉近，她可以看见女人红艳的嘴唇吐出三个字“亚里亚”。

秦蕊被敲门声惊醒，她看见了白得晃眼的天花板，上面似乎有只蚊子。

“小蕊。”门外是乔晋醉醺醺的声音。

秦蕊抹了一把额头的冷汗，从床上坐起来，然后走到门边去打开了门。看到乔晋一张帅气的脸，她的心脏似乎咯噔了一下，虽然认识了十多年，但以前似乎没有特别注意到乔晋的外表：“哦，你是来拿衣服和面具的吧，等一下。”

秦蕊避开他的眼睛，转身去拿床上的黑袍子和面具。

等她回过身时，发觉乔晋已经瘫坐在她平时吃饭的桌子边了。她把东西扔到他怀里，说道：“你赶紧走吧，别等下被舍管阿姨逮到了。”

“你忘了一年一度的万圣节联谊会是学校首肯的？舍管阿姨不会管那么多的。”乔晋说着拿起桌上的苹果啃了起来。

秦蕊实在不明白乔晋为什么要这个时候来，特别是刚才还差点闹僵了，气氛也变得有点尴尬。

“你坐下来，我仰着脖子和你说话太难受了。”乔晋一边吞着苹果一边醉醺醺地说道，“我不是来拿衣服的，我是有礼物要送给你。”

“礼物？”秦蕊疑惑地坐在桌子对面，万圣节也要互送礼物吗？

“本来我想在 10 月 19 日送给你的，但是很可惜直到昨天我才把它搞到手。”乔晋从口袋里拿出一个金色的信封，“亚里亚库克，斯库特斯。”乔晋说完，自己也有点不好意思，“我没发错音吧？真是不敢相信，以前我能那么中二地说出来。”

秦蕊忍不住笑出声来：“你没有说错。”笑完之后，她又有点意外。

“早知道要逗你开心这么容易，我就多说些亚里亚方言了。”乔晋将苹果核准确地抛进垃圾桶，拿上衣服和面具道，“不早了，你早点睡吧。”

秦蕊把他送到门边，又忍不住问道：“我以为你希望我抛掉所有不现实的念头，可是为什么又要在亚里亚纪念日送我礼物？”

乔晋揉了揉她的脑袋，犹豫了一会儿才道：“我们曾经一起许过诺言，可惜我没办法遵守了。但是不代表我不记得那些事。小蕊，我只是希望你能快乐。”

秦蕊点了点头，目送他脚步踉跄地离开了走廊，融入了夜色里。

她回到宿舍里，从桌上拿起那个金色信封，说实话她很好奇乔晋会在纪念日送给她什么礼物，毕竟他已经至少有三个纪念日都没送过她礼物了。而且自从她发现乔晋把她在纪念日送给他的亚里亚纪念品打包送给自己的学弟之后，她也再没送过礼物给他。

秦蕊小心翼翼地拆开信封，从里面掉出来一张门票，门票上印着国际奇幻作家签售会的字样。秦蕊急忙向嘉宾一栏扫去，果不其然。

秦蕊将门票翻来覆去地看着，简直难以置信。她实在不知道乔晋是怎么得到这张门票的，但是这可能是她这辈子收到的最好的礼物，即使她这辈子还远着。

想到三天后就能见到那个人，秦蕊的心情实在难以言喻。

亚里亚的故事剧情，秦蕊就算闭着眼睛也能背出来。厄禹是她这辈子最喜欢的作家，没有之一。

可是这个作家实在太低调了，只写了这么一套书就封笔不写，而且从来没有办过活动，也从来没有与读者互动。即使在网络搜索，也只能找到一个 2012 年的新浪邮箱。秦蕊曾经给这个邮箱写过信，但并没有收到回复。

上个月，厄禹要来参加奇幻作家签售会的消息一下子蹿到热门微博，即使很多不明真相的人也跑出来蹭热度。毕竟《亚里亚神鉴》三部曲曾经创造过销量奇迹，而作者本身的神秘莫测也是如今四通八达的网络里少有的现象。

没有人具体知道厄禹长什么模样，但是那个年代里长大的孩子都多少知道点亚里亚的事，那是一部国内少有的史诗级少儿奇幻图书。就算没有看过书，也有看过由此改编的游戏——亚里亚神奇大陆。

可是想要得到活动门票却并非简单的事情，会场只设置了一千人的位置。对外销售的门票可谓一票难求。

秦蕊期待这一天太久了，久到有点不真实，最早以前她十分肯定此生能够见厄禹一面，可后来时间长了，她就不那么肯定了，只能安慰自己，书中的世界是相通的，其实当她沉浸于亚里亚之内，她仿佛也就和作者认识了。

如今门票在手，她仍然觉得不那么确信，反复看着上面厄禹这两个印刷字体，仿佛只要一不留神，这两个字就会消失不见。

秦蕊确认了好几次，才小心翼翼地将门票夹进床头的那本《亚里亚神鉴》第一卷。在这本书的卷首画了一只龙形神兽，印着几个字“亚里亚库克，斯库特斯，与你同在”，在右下方签了两个人的名字，“乔晋 & 秦蕊”，日期是 2006 年 10 月 19 日。

秦蕊抚摸着上面的字体，下定决心地将书合上。她知道乔晋送给她这份礼物，并不是让她继续沉迷于过去。亚里亚这个第三世界确实曾经比现实生活对她的意义更大，可是她不能再这样下去，她应该做个告别，也许就从这次签售会开始结束过去。

万圣节过后的两天里，秦蕊都在打包宿舍里的那些图书和漫画，以及她过去十一年购置的关于亚里亚的周边产品。本想卖掉这些东西，但最终还是没舍得，每一件物品都承载了太多过去的回忆。想到她答应过乔晋要有所改变，思虑前后，还是叫了快递将它们寄回家里。

图书漫画周边清理完后，秦蕊望着空荡荡的宿舍，感觉每一口呼吸似乎都带着寒气，她抱紧双臂，想起了第一天到达宿舍的场景，每一处都是这么陌生，每个人看起来都那么难以相处。即使穿着再多的衣服，仍然感到浑身发抖。秦蕊赶紧钻进自己的床位，从枕头下拿起《亚里亚神鉴》，将书紧紧地抱在怀里，这才稍稍感觉温暖一点。其他东西都送走了，只剩下了这套书。

“你会做到的。”乔晋的话似乎还在耳边，秦蕊望向阳台，蔚蓝的天空里几朵洁白的云朵轻轻地飘着，阳光十分耀眼。外面不时传来嘈杂的声响，似乎每个人都各司其职，做着他们认为该做的事。

会不会有一个人突然停下动作，开始思考自己到底在做什么呢？是什么制定了规则，使每个人都能和身边的人达到和谐的氛围，他们真的只能这样做吗？当所有人都在排队时，如果有个人做了个倒立的动作，其他人一定会纷纷看向他，带着疑惑的表情或开始讨论。小时候，秦蕊曾经在动物园看到这样一幕，动物园里一只大猩猩不知道为什么开始暴走，其他猩猩也变得焦躁不安，捶胸顿足到处乱窜，保安带走了暴走的大猩猩，很快猩猩群又回归了平静继续有秩序地进食……

也许不了解乔晋的人会觉得他天生就是这么善于融入，到哪里都能主控全场，即使和自己讨厌的人也可以谈笑风生。可是从小学就认识他的秦蕊却是一点一点看着他改变的，她曾经见过乔晋最开始时的孤僻，也知道即使是现在的乔晋，内心里深处仍然看不惯很多现象。但是乔晋自己并不会承认他被现实改变了。秦蕊见过他的妥协，但是那对乔晋而言，就像大多数人一样是必要的，当一切在他们看来归于“正常”时，就是正确的。他们在扮演自己认为的最正常的角色，成为秩序的一部分。

乔晋在尽可能地表现自己的豁达、善意、宽容和仁爱，即使他并未真正思考这些词代表的深层含义。也并不了解，自己内心深处同时也做着自相矛盾的寻求关注和价值感的行为，每个人都在互相模仿着互相获取好感。比起假装成某一类而受他人尊重的乔晋，秦蕊更喜欢乔晋内心属于自我另类的那部分。

可是秦蕊现在也开始迷茫起来，事实真的是这样吗？在如今这样的社会里，保持真我已经很难很难了，也许乔晋有一点没说错，她从未真的想了解他所说的那部分现实。

升上大四之后，很多人都开始找工作，秦蕊也有考虑过工作上的事情。但是她总是有些矛盾，也许是有些不想接受可以找到的工作。秦蕊喜欢漫画和图书，大学时选了英语系，也是为了能够看懂英文原版小说这样一个单纯的目的。她想找一份翻译小说的工作，但由于文笔并非特别出色，所以总是找不到满意的。

就像乔晋说的那样，她并没有特别想过未来，或者说现实的未来。小时候她觉得未来是一个充满科幻产业的世界，什么都可能实现，比如她会搭乘飞船上下班，可以在星球间旅行，她可能嫁给一个科学家或者作家，也许还有一个很大很大的房子，推开窗户，就能望见广阔的海洋。每天晚上，他们都可以仰望太空，寻找不明飞行物的踪迹……可是随着年龄的增长，秦蕊开始意识到，现实里，或者踏出社会的那一步，许多的人的生活就只是一次又一次被迫妥协，被周围的人和事推着走，逐渐地被拷上越来越多的枷锁，无从拷问自己的内心。

秦蕊意识到自己又开始放空着胡思乱想起来，其实有时候找答案也和找东西一样，你越想快点找到越是找不到，也许某一天，你会发现其实它就躺在你触手可及的地方。

04 意外的事件

虽然对书籍剧情烂熟于心，但她还是趁着这两天有时间将亚里亚三部曲又重新看了一遍并做了大量的笔记。

到了签售会的前一天晚上，秦蕊成功失眠了，过去她幻想过不下一百次和厄禹见面的场景，各种可能发生的和不可能发生的情节，她都幻想过。她喜欢厄禹完全是出于对亚里亚的热爱，对于创造出这样一个第三世界的主宰者的崇拜和感激。亚里亚的人物如此真实，就好像真的曾经存在过，所以她真的很想见一见厄禹，询问他关于主人公伊雪的原型到底是谁以及亚里亚这个地方的原型。她并不相信那完全只是厄禹的想象。还有那句最著名的台词，伊雪总是挂在嘴边的“亚里亚库克，斯库特斯”，文章里说那是出于亚里亚最古老的方言，但是却并未解释它的含义。

初中时，乔晋和她也经常说这句台词，每次说出口，无论之前有过任何不和，在这句话之后，那种糟糕的心情就全都消失了。

当秦蕊醒来的时候，外面的阳光已经投进了宿舍。她揉着疲倦的眼睛，看了眼手机，屏幕显示有三个闹钟提醒，时间是 8 点 32 分。

签售会是 9 点开场，所以秦蕊几乎是被吓醒的，她匆忙地下床洗漱，好几次在慌乱中撞到了桌椅。

叫来快车后，秦蕊背着装着《亚里亚神鉴》三部曲的小提包，啃着三明治坐上汽车后座，但是万万没想到一大早公路上居然塞车！

眼前的车龙简直望不到头，秦蕊急得满头大汗，那张签售会的门票也快被她捏皱了。毕竟这一天，她足足等了十一年。

到了下一个红灯路口时，秦蕊看了一眼手机，显示着 8 点 52 分，再看一眼手机导航，离目的地还有 1.5 公里的距离，明明已经这么接近了，可是眼前车龙的移动速度实在不敢恭维。

秦蕊索性下了车，跑步前往目的地，常年坐着看书缺乏运动，在跑了一千米后，她就已经快喘不上气了，但仍然努力让自己迈着步伐。只剩最后八百米时，她终于看到会场，在会场外围满了人，很多人举着关于亚里亚和厄禹的花式牌子，还有一些像是电视台的记者。

看到还有这么多人没有进场，秦蕊总算能松口气。她仍然迈着步子朝前走着，可是这时候她听到了从身后传来的警笛声。

秦蕊只是稍微看了一眼，并没有太放在心上，警车只是经过这里而已。但是当她发现警车并不仅仅只是经过，而是慢慢靠近会场，甚至在会场门口停了下来时，她一下子有些紧张起来，但这时候更多的还只是疑惑。

然后她又看到一辆消防车也疾驰而来。会场外的警车上下来了几个警察，而他们竟然开始拉起警戒线。

等秦蕊走到人群外围时，发觉每个人的脸上都神色紧张，不时小声交谈着什么，一点也不像来参加签售会的模样，还有一些人正在抬头望着天空。

秦蕊正要抬头，却看到消防员开始在大楼下支起救生气垫。她有点愕然，而且感觉到一股凉意爬上了后背。

“这是来自第三届奇幻作家签售会的现场报道，著有《亚里亚神鉴》三部曲的著名作家厄禹疑似轻生……”一位记者的声音从前面传来，“本定于 11 月 3 日早上 9 点开始的奇幻作家签售会临时贴出通告提前结束，9 点 02 分有人发现会馆大楼楼顶有个人坐在围栏上。经举办方确认，此人就是作家厄禹。目前……”

秦蕊觉得整个手心都在冒着冷汗，已经有点听不清记者到底还说了什么，她有些艰难地抬起头，从这个角度望上去，太阳刚好被大厦高层挡住一半，耀眼的光线里，可以模糊看见一个黑乎乎的身影，垂着两条腿。

秦蕊无意识地张大着嘴，推开人群，朝前挤着，喉咙变得越来越干，她的脑海里只有三个字一直重复着：“为什么？为什么？为什么……”

然后，她看到了那个黑影忽然就那么掉了下来，就好像有个人从上面扔下了一个麻袋，只是速度实在太快了，伴随着尖叫声，十五层的高度，几乎只是眨眼间，那个人就脸朝下躺在血泊里。

秦蕊就站在人群前面，当他的身体撞击地面时，她甚至可以听到骨骼碎裂的声音，以及脑袋变成“沙琪玛”的过程，总觉得那个身体好像还弹了一下。有些血溅得很远，甚至快到秦蕊的脚边。这真是奇怪的一幕。

秦蕊带着黑眼圈的眼睛瞪得不能再大了，那具尸体以非常扭曲的姿势躺在那里，她根本认不出他长什么样，因为他的头完全裂成两半，左边眼球也滚落在一边。但是她看到了那个人的手心画着一个黑色的符号。下一秒那个符号就被血给覆盖了。

秦蕊认得那个符号，但是她现在的意识完全不在上面。她只是有点踉跄地推开惊恐的人群，朝旁边的垃圾桶走去，然后她开始吐了起来。

“小蕊，你在宿舍吗？”乔晋一听到消息，就赶往宿舍。他以为他会看到秦蕊伤心的样子，但是当宿舍门打开时，秦蕊却显得神情古怪。

她往走廊两边张望了下，然后急忙将乔晋拉进了宿舍，并且锁好门。

进到宿舍后，乔晋被眼前的一幕吓到了，地板上散落着一大堆复印纸，上面都印着同一个图案，一个哥特风格的荆棘花卉的符号。

“乔晋，你知道我看见了什么吗？”秦蕊紧张兮兮地说道。

“我，我听说了，你没事吧？”乔晋有点担心地看着她。

秦蕊摇了摇头，她慌慌张张地绕开地上的纸从桌子上拿起《亚里亚神鉴》这本书，然后塞到乔晋面前。

“我看到了这个！厄禹死的时候，手心里画着这个图案！”秦蕊瞪大着眼睛焦急地说道，“我以为我看错了，但是我把图案打印了出来，绝对不会有错！”她将地上的复印纸收集起来，继续拿给乔晋看，“你还记得吗？在故事里，伊雪曾经遭到血魄的追杀，圣人在她手心画了荆棘花，目的就是为了净化灵魂，使血魄无法附身。”

乔晋脸色凝重，他让秦蕊先坐下，然后他把书籍和复印纸都收了起来，放到柜子上。

“小蕊，我看到新闻报道了。”乔晋郑重地说道，“厄禹是死于抑郁症发作，一直以来他都有很严重的抑郁症，这也是他突然封笔的原因。大家都以为他已经好了，可是……”

“报道？那你有看过荆棘花的图案了吗？”秦蕊急忙追问。

乔晋蹙着眉头，他将手按在秦蕊的肩膀上：“小蕊，我知道这对你打击很大。但是请你不要再这样好吗？”

“可是我确实看到了！我确实看到了。”秦蕊按着太阳穴。

“秦蕊！”乔晋喊了一声。

这一声似乎把秦蕊的魂给喊了回来，她怔怔地看着乔晋。

“我带你去看心理医生好吗？你不能再这样想下去了。”乔晋很是艰难地说道。

“你觉得我……”秦蕊有点生气，但是看到乔晋担忧的神色，她突然安静了下来，“好吧。”

明和医生是学校里很受人爱戴的心理医生，和他谈话是一件很放松的事情，学校里很多学生都接受过他的心理辅导，实际上秦蕊并不十分抗拒接受治疗。最重要的是她不想让乔晋觉得她疯了。

通过诊断，秦蕊有一些中度抑郁和轻度臆想症，医生给她开了一点药，便让她回去了。乔晋很担心她，希望她可以振作起来。

而她也答应了乔晋，自己会努力振作起来。

厄禹自杀的新闻让他又一次登上微博热搜，《亚里亚神鉴》三部曲时隔十一年也重新登上了销量榜。各地都有为他举办的哀悼会，许多人为他点蜡烛，送他一路走好。

当然也免不了对于他自杀原因的分析，一开始众说纷纭，各种谣言满天飞。人们刨根掘底，神秘莫测的厄禹在一夜间突然多了许多亲近的人。而根据这些亲近的人爆料，厄禹早就患上抑郁症，而他的死最终也被定义于抑郁症导致的。

这些秦蕊都是很久之后才知道的，很长一段时间她都想尽力避开这些事，她忙于准备毕业后的工作方向，忙于写论文，忙于把还未完成的学业补完。

但是乔晋知道秦蕊在逃避。普通人愿意打开心扉接受各种打造，养成厚厚的茧子来保护自己。可是秦蕊不愿意接受打造，她紧闭心门，让那颗永远如婴儿一样嫩的心扑腾腾地跳动。一旦她彻底封闭了所有入口，再打开时，任何一点碎片都会带来致命的危险。

乔晋这么多年都希望能一点点地打造她，但是秦蕊太偏执了，就像她对亚里亚的偏执那样。她的勇气从来不来源于生活，而是寄托在第三世界，亚里亚就是秦蕊过去用来逃避现实的安全屋。当她说出那句“亚里亚库克，斯库特斯”才能给她渡过难关的勇气。

乔晋实在后悔为什么要送给她那张门票，有时候他也很矛盾，一方面来自过去的感觉，一方面是来自现在的感觉。他对秦蕊总有一种愧疚感，这种愧疚感就像是他已经抛弃了秦蕊。在酒吧说完那些话之后，他也立即后悔了，他以为一张门票可以弥补一点对于她的愧疚感。

但是事情却没有往他希望的方向发展，他只是希望秦蕊不要再这样消沉下去。

05 奇怪的基地

“乔晋，下个周末我们一起出去露营好不好？”莫俪在午饭时突然提议道，“小蕊也一起去吧。”

“听起来好像还不错，你觉得呢？”乔晋望向秦蕊。

“我还是不去当电灯泡吧。”秦蕊耸了耸肩。

“哎，不是只有我们啦，还有阿东和雪莉、依依他们至少五六人。”莫俪说道，“依依也很喜欢看书，到时候你们可以互相交流交流嘛。”

“是生物系那个蒋依依吗？”秦蕊好奇地问道。

“对啊，你们认识吗？”莫俪眨了眨眼睛。

秦蕊点了点头，蒋依依也经常去图书馆，她们说过两三次话，但因为是不同系的所以也没有怎么联系。

“就这么说定吧！”乔晋打了个响指，“听说还有篝火晚会，到时候肯定好玩。”

秦蕊看着他们两个人串通一气的模样，又是好笑又是好气。她当然看得出这是乔晋想出来的主意，莫俪只是他的帮手。

不过能散一下心也好。

秦蕊在宿舍里收拾着露营要带的换洗衣服，当她将掉落的袜子捡起来时，眼角瞥见了床底下的那本《亚里亚神鉴》第一卷。

那本书被撕得破烂不堪，还有那张金券门票也被撕成小碎片。她停下手中的动作，突然她感觉眼泪从眼眶里一颗颗地掉了下来。她知道自己的心里有一部分也被完全撕裂了，而且再也无法弥合。

彻底地哭了一场之后，秦蕊擦干了眼泪，她不想让乔晋知道自己受到这么大的打击。她用粉饼粉饰了泪痕，重新开始打包行李。

乔晋租了一辆面包车，车里除了莫俪之外还有两个女生和三个男生。加上他们三个，一共是八个人。秦蕊认出了蒋依依，她也很热情地朝秦蕊招手，让她坐到自己身边。

一路上大家都在谈天说地，即将毕业似乎使每个人都特别珍惜能够随意挥霍的时光，每个人都显得精力充沛，对于可能做到的都跃跃欲试。甚至对于像秦蕊这样阴沉的女生也能得到男生的青睐。

开了半小时的路程后，他们到了山脚下，乔晋把面包车停好，几个人你一件我一包地将要带的东西都挂到身上,然后开始往山上走去。

等他们找到合适的落脚点，太阳已经快落山了。他们搭好帐篷，架起烤炉，点起了篝火。

八个人围坐在火堆旁喝啤酒吃烧烤，聊着各种话题。天完全黑下来后，男生们提议玩冒险游戏，输的人讲一个故事，结果事情进行到后来，变成大家都在讲鬼故事来衬托气氛。

突然有个男生说道：“你们有没有看过最近的新闻，就是那个作者自杀的事情，感觉还蛮惊讶的。”

“你是说厄禹吧，我也有看到，我觉得死得还蛮蹊跷的。”另一个男生说道。

“欸，人家死都死了，就别乱嚼舌根啦，死者为大啊。”一个女生说道。

“说得你有多高尚似的，切。”提起话题的男生说道。

莫俪看了一眼脸色凝重的乔晋和失神的秦蕊，转移话题道：“哎，我来讲一个故事吧，我中学的时候班里有个同学特别喜欢猫，有一次……”

莫俪声情并茂的演讲技巧一下子吸引了所有人的目光，连其中两个人不见了其他人都没发觉。

在离篝火堆五十米外，秦蕊脸色惨白地靠在树干上，厄禹的死亡惨状仍然历历在目。他滚落的眼球和裂开的脑袋，鲜血从破裂的血管里潺潺地涌了出来，还残留在另一边脑袋的那只眼睛就好像一直在瞪着她。

“小蕊，你还好吧？”乔晋手搭着她的肩膀。

秦蕊被跟上来的乔晋吓了一跳，她没有回头，只是说道：“你让我一个人待会儿吧。”

“明和医生给你开的药你有带来吗？”乔晋问道。

秦蕊皱起眉，她烦躁地转过身瞪着他：“那些药我根本没有吃，因为我根本没有任何疾病！厄禹手心的荆棘花不是我的臆想！初中时血红色的天空也不是我的臆想！为什么你就不能相信我呢！”

“你说什么，你都没吃？一次也没有吗？”乔晋很是吃惊。

秦蕊从口袋里拿出那罐明和医生开给她的药，在乔晋面前打开，然后全都往下倒空，一颗颗白色的药片滚了一地：“你可以数数看，一瓶三十颗，都在这里呢！”

啪！一击火辣辣的巴掌印在了她的脸上。

乔晋垂下了手，身体微微发着抖，他转过头语气疲惫地说道：“我真是太傻了，我和莫俪对你的付出和关心，在你看来很可笑对吗？我受够你的顽固不化了，你根本没在乎过任何人。”

秦蕊看着乔晋的身影回到了篝火所能照亮的地方，所有人都被莫俪的笑话逗得哈哈大笑，一切都那么令人羡慕，可又那么遥远。

那亮光让她觉得陌生和寒冷，似乎只有背后的黑暗才能容纳她这样的人。秦蕊抬着头望着那些参天大树，每一棵都在黑夜里显得十分诡异。

从树的间隙里可以看见天空中闪烁的繁星，她追寻着那些星星，直到一颗流星划过天际。她急忙转过身，想要告诉乔晋，但是却发觉自己正站在完全陌生的地方，周围没有任何火光，只有从上方投下的洁白月光。

四周都是直立着的树木，每一个方向看起来都大同小异。她有点紧张起来，在身上摸索着，幸好手机就放在衣袋里。

秦蕊拿出手机，迅速拨打了乔晋的电话，但是电话里却传来不在服务区的提醒。她拿下手机，看到屏幕上的信号格连一格都没有。

“乔晋！莫俪！”她大喊着，“有人在吗？”

她不可能走得多远，但是糟糕的是她搞不清楚自己是从哪个方向走来的。

周围虫声唧唧，但却没有任何人的声音。就在这时，身后传来了窸窸窣窣踩踏树叶枯枝的声响。

“乔晋，是你吗？”秦蕊紧张地问道。

没有回答，踩踏声也顿了一下，接着又开始了。

秦蕊四周张望，然后她发现左侧的草丛动了动，在夜色里隐约有一双发着光的眼睛。

秦蕊一下子定住了，她感到恐惧正慢慢爬上心头，她一步步后退，然后转身狂奔起来。她没有看身后到底是什么，她只是不停地跑不停地跑，害怕一停下来就会发生可怕的事情。

直到她被一根横跨在路中的树干绊了一跤，她整个身体都趴到了地上，脸颊和额头还有手臂都破了皮，幸好并没有任何地方骨折。

秦蕊在那里趴了好一会儿才爬起来，心脏仍然在剧烈跳动着，这种体力透支的感觉让她十分难受。她闭上眼睛，努力让自己镇定下来。

现在她只能想办法找到下山的路或者等其他人发现她不见了能够及时报警。秦蕊睁开眼睛先仔细地观察四周的环境，这时候她发觉前面的树林间似乎有灯火的亮光。

她急忙起身往前方走去，灯光应该离得有一段距离，但是秦蕊可以肯定那应该是像公路上那种大幅的广告招牌。

秦蕊感觉到自己正在往下走，周围地势越来越低，这让她感觉安心了不少，走了半个小时后，她终于走出了树林，站在了一片斜坡上，不过眼前的一幕却令她大为吃惊。

秦蕊没有看错，灯光确实来自大幅的牌子，但是那是挂在半山腰的一幅巨大的字幕招牌，写着 Ariaria Joint Headquarters。山上还有好几架风力发电机在运行着。

下方似乎是个工厂，面积很大，里面灯火通明，外围被一圈铁丝围栏网包围着，可以看见里面除了参差不齐的建筑外，最显著的是有几座瞭望塔和类似于军事训练的场地，看起来像正门的地方还设置了检查站和道闸，但是看不到里面有没有人。

秦蕊觉得很好奇，这里怎么会有这么大一个工厂，而且最令她在意的是大门外的一块牌子上的图案看起来有点眼熟。

她深呼吸了几口夜间凉爽的空气，然后大着胆子走下山坡，往大门口走去。她想确定那个图案是不是她认识的那个。

等她走到离大门五六百米的时候，已经可以确定了，那就是亚里亚书中荆棘花的模样，也就是厄禹掌心里的那个图案。

秦蕊揉了揉眼睛，这几天接二连三地出现令她感到不解的事情。虽然她从小到大确实盼望过这样的事情发生，但真正发生的时候又令她感到不知所措。

她望了望检查站里面并没有人在，尝试通过时，挡车杆自动升起了，原本就神经紧绷的她着实吓了一跳，感觉战战兢兢的。

她往最大的那栋楼走去，趴在窗户上往里面望着，但是里面没开灯，黑乎乎的根本看不清楚。这时候她感觉好像有哪里不对劲，她把脸拿开，看到窗户倒影里除了她的脸之外还有另外一张脸。

“你……你好。”秦蕊转过身，在她眼前的男子穿着一身类似特警部队的军装，胸章上写着编号 00108。

第二章

厕所隔间所有的门轰的一声同时被打开了，少年只来得及看到一道血红的光芒在眼前闪过，接着他恐惧的表情一下子消失了，变成了一张木讷的毫无表情的脸。

01 惊险的一夜

【乔晋篇】

乔晋在篝火旁喝完了一罐啤酒，他抬起头发觉秦蕊还没有回来。他皱起眉头，回想刚才说的话和打了她的那一巴掌，似乎有点过分了。而且秦蕊还患了抑郁症，如果她一时想不开……

看到乔晋沉思的样子，一旁的莫俪问道："小蕊好像已经离开有半个多小时了吧，你要不要去看看她？"

乔晋点了点头，他放下啤酒，起身来到刚才的树林里，但是秦蕊已经不见了。他在附近又找了一圈，喊了几次她的名字，结果越喊越觉得不安起来。

听到乔晋从树林里传来的喊声，莫俪也走进了树林，她在树林间找到乔晋，一脸疑惑地问道："怎么了？"

"小蕊不见了。"乔晋神色慌张地说道。

"她应该不会走远吧。"莫俪望着四周。

“莫俪，我刚才打了她一巴掌！”乔晋捶着自己的额头，十分自责地说道，“我明明知道她抑郁，可是我还说了那么重的话，我怕她想不开……”

莫俪皱起眉头，但还是抱了抱他的肩膀：“小蕊不会那么傻的，我去把大家找来，我们一起找找看，再不行我们就去报警。”

听说秦蕊不见了，大家都很紧张，毕竟是大半夜的，山上也不知道会出现什么野兽，七个人分成三组分头寻找着。

乔晋和莫俪为一组，他们刚好来到了秦蕊在躲避野兽时经过的那条路。乔晋在一根树枝上发现了钩破的一小片布块，看起来很像是秦蕊身上的衣服。

这个发现令他大受鼓舞，而且他还发现旁边的草地像是被踩踏过，他来不及喊身后的莫俪，心急火燎地钻进了树丛，大喊着秦蕊的名字。

就在这时，身后突然有只庞然大物扑了过来，一只健壮的猛虎狠狠地刮破了他的衣服，乔晋大吃一惊急忙后退着，突然脚下一空，整个人开始往山下滚落。

【秦蕊篇】

秦蕊醒来的时候，是在一间办公室里，她感觉脖子麻麻的，想用手抓，但随即发觉双手被绑在椅子后。办公桌后面坐着一位金发女士，从五官上看像是波兰人，穿着一身笔挺的女士西装，看起来很是英姿飒爽。胸牌上写的是 Anna。

“Hi！”秦蕊索性大着胆子问道，“Can you tell me, what is this place?”

安娜在手里转着笔，嘴角微微露出笑容，然后用很流利的中文说道：“你不需要知道这是哪里。”

秦蕊有点吃惊地张大着嘴，然后她看到安娜从桌子后面走到她跟前，双手环臂，靠着办公桌，与她面对面地说道：“你是怎么找到这里的？”

“如果我告诉你，你能回答我的问题吗？”秦蕊固执地说道。

安娜耸了耸肩：“就算你问了，等你离开的时候也不会记得这里的事情。”

“为什么？”秦蕊有点迷惑，不太懂她话里的意思。

安娜用那只笔指了指她的额头：“这是一件高科技产品，可以将你脑中的某部分记忆替换成另一份记忆。”

秦蕊瞪大了双眼，盯着那只看起来平淡无奇的圆珠笔，然后又看向安娜，想知道她下一秒会不会突然笑着说“我是开玩笑的”。但是好一会儿，安娜只是很平静地看着她。秦蕊想起了初中时的血红天空事件，如果真有这样的东西，不是就能解释那时候发生的事情了吗？

“你不相信对吗？”安娜面带微笑，“一般人都觉得这是电影里才有的产品，实际上人类开发这种产品已经有一段时间了，但因为功效很值得争议，所以和克隆人一样是不被公开的。”

“不是。”秦蕊出神地望着桌面，她想不通如果当时珍利和雪儿的记忆被替换了，为什么她没有呢？不过她并没有问安娜，因为她担心这个记忆也会被消除掉。

安娜很认真地在观察她：“你还没回答我的问题，你是怎么发现这里的？”

秦蕊犹豫了一下，警惕地说道：“我在山上迷路了，看到这里有灯光，我是循着灯光来的。”

“原来是这样。”安娜点了点头，然后她按下圆珠笔，笔尖变成蓝色的。

“等一下！”秦蕊知道自己马上就要被消除记忆了，但是她不想忘记这些事，“Ariaria Joint Headquarters！为什么这里叫亚里亚联合总部？”她突然记起来道，“还有门口的荆棘花，这里和厄禹所写的亚里亚到底有什么关系？”

安娜手中的动作停止了，她收回圆珠笔，偏着头有点惊讶地看着她。

【插曲】

白日里熙熙攘攘的公路到了深夜却是另外一番场景，除了冷清的路灯，就只有对面一家 24 小时营业的便利店仍然亮着。

一个神色慌张的少年从黑漆漆的巷子里蹿了出来，不时朝后张望着，豆大的汗珠从他额头上流了下来，他的眼睛充满了血丝，看起来惊恐不已。

他本想跑去便利店，但看了一眼门口又吓得急忙朝前跑去，在公路上张望着，不停地招着手，一辆汽车疾驰而过，但并没有停下来。“停下！停下！拜托你们停一停啊！”少年一直大喊着，一边跑到了公路中间，但是没有车愿意停下来。

便利店门口似乎有个人影正在往这边走来，少年紧张地张望着，终于等不及穿过公路往树林里跑去。因为太过紧张，根本没注意脚下有什么，等他被绊倒时才发觉那里竟然躺着一个人。

少年只是短暂地疑惑了几秒，接着又似乎想起自己的事情，急忙跑起来，没有理会躺着的人，只是继续向前跑着，甚至连口袋里的东西掉了也没发觉。

那是一枚亮闪闪的硬币，刚好掉落在躺着的那个人的大衣口袋里。

少年仍然在奔跑着，如果是平时他一定会救那个人，但现在他已经自顾不暇了。他跑出了树林，可是仍然觉得被死死地盯着。周围影影绰绰，一点的风吹草动都让他大惊失色。

前面不远处有一个公共厕所，他跑了进去，躲在厕所里并不是个好办法，但是他真的无处可逃。在厕所小小的隔间里，他发现了一截断裂的金属管，他颤抖着拿起尖利的那头，摊开掌心，虽然浑身战栗不已，但还是用它划开掌心，一刀一刀地刻着，即使疼得哇哇大叫，也没有停下来。鲜血从掌心沁了出来，图案就快成形了。但是这时厕所里的水开始发出咕隆隆的声响，本来拿在手里尖利的金属碎片因为手抖而掉落在地上。

“不，不要，不要……”少年的掌心只有一个画得并不完整的荆棘花图案，但是一切都来不及了。

厕所隔间所有的门轰的一声同时被打开了，少年只来得及看到一道血红的光芒在眼前闪过，接着他恐惧的表情一下子消失了，变成了一张木讷的毫无表情的脸。

他低头看了一眼手里还没画完的荆棘花，只是稍微握了握拳头，再摊开时，所有的刻痕和血迹都消失了。然后他在自己的身上到处摸索着，但是很显然并没有找到想找的东西。不过他的表情仍然毫无变化，只是机械地走出了厕所，和不知何时出现在外面的一个穿着西服，同样面无表情的男子一起离开了那里。

02 怪诞的遭遇

【乔晋篇】

乔晋从山上跌了下来，当他醒来的时候，只感到浑身酸痛，有点头重脚轻。他尝试着爬起来，却疼得叫了一声，他感觉自己身上可能不止一处骨折。

从这里往上望，已经看不到山上的情况了，但是他却能够听到有汽车行驶过的声音。乔晋忍着疼痛硬是撑着站了起来，他必须从这里找到出口。

乔晋努力地挪动着身体，幸好在他拨开一大片灌木丛之后，看到了外面的公路。他扶着周围的树干，钻出了树林，踩到路肩，差点又摔了一跤。

外面的天空已经微微泛鱼肚白了，但是经过的车辆仍然屈指可数，他本想求助，但这时发现公路对面还有一家便利店开着。

他只好又忍着痛，一步步往对面挪。

这家名为“多尼可”的24小时便利店平日里由三四位员工轮班，新来的员工刚好正和轮夜班的员工交接着工作。这时候他抬起头，看见公路上有个满头乱发，衣服凌乱，血迹斑斑，看起来像是电影里的丧尸一样的男人正拖着一条腿往这边走来。

他一下子没反应过来，值夜班的老员工叫了他几声也没应，于是夜班老员工循着他的目光转身看去，发现乔晋时，他急忙打开了店门，跑过去搀扶他。

“天啊，你是遭遇……车祸了吗？”老员工说道。

“我从山上摔下来了。”乔晋艰难地开口道。

“小李，还傻站着干什么，赶快叫120来！”老员工对着还傻愣愣的新员工喊道。

名为小李的新员工这才反应过来，慌慌张张地跑到柜台拨打120急救电话。

乔晋坐在靠门的位置上，捂着胸口疼得直吸气。老员工给他端了杯热茶，但是他并没有力气喝，只是感谢了他们的帮助。这时候他摸到了上衣口袋里有一个圆形的硬物。他摸出来一看，是一枚图案很怪的硬币。

不知道为什么，握着这枚硬币之后，他感觉浑身的疼痛感好像减轻了一点，于是他又仔细地看了看那枚硬币，看起来应该是外国的钱，但是他不记得自己有过这样的硬币。他将硬币捏在手里翻开，在翻了第三次时，周围突然一下子变得十分安静。

他抬起头，发觉刚才还在旁边的两个店员都不见了。他疑惑地朝里面张望，但是看起来好像没人。乔晋捂着胸口站起来，但随即发觉自己身上的疼痛感已经消失了，他看了下自己骨折的右腿，尝试着踩了踩，果然是好的。

自己是昏迷了吗？乔晋惊讶地张着口，难道从刚才到现在都是梦？除此之外，怎么解释这么古怪的事情？乔晋可以感觉到自己正在正常地呼吸着，这种真实感并不像梦。

他望了望还在手里的硬币，不由得想到：难道是这个东西导致的？不，不对，这个世界上是不可能发生这种事情的，从来也没有这样的事情，一定是自己出了什么问题。是由于疼痛出现的臆想吗？难道自己疯了？疯了的人可以看见别人看不见的景象或者将人看没了吗？

乔晋眉头深锁，他怀疑周围的一切，甚至怀疑自己的大脑。接着他感到十分恐慌，甚至有点走路不稳，他推倒了眼前的桌子和椅子。他甚至怀疑这是个整人节目，但是仍然无法解释从山上摔下来怎么一瞬间可以恢复得这么好。

“不，我不要疯，我不可以疯了。”乔晋抱着自己的脑袋，他在学校里是这么优秀的一个人，他是篮球队领队，他还有全校第一女神之称的女友莫俪，他的所有档案都十分完美，没有任何一项污点。老师们对他寄予厚望，他是大多数人崇拜的那一类。他前程似锦，可是如果他疯了……他会成为史上最好笑的一个笑话！那些怜悯和可惜的哀叹背后，有多少人会对他落井下石，他简直不敢想象。

“镇定，镇定下来！”乔晋做了好几个深呼吸，鼓舞自己道，“对的，这一切一定是有原因的，我会找出那个原因，就像过去那样，不会有问题的，不会有问题的！”

他努力稳定情绪，重新仔细地观察这个便利店。他先是查看了里面的情况，确定没人之后，他拿起柜台的电话，拨打了所有他记得的号码，但是全都是不在服务区，连急救电话都是。

他望向了外面的街道，公路上已经很久没有车辆经过了，而且静得有点出乎寻常，可以称得上是一片死寂。

如果是整人节目，应该出了这个店就结束了吧，他完全可以回学校，只要回到学校，那些整蛊他的总不可能一直跟着他走。

想到这里，他几乎是对着头顶上方露出一个挑衅的微笑，虽然他并没有看到摄像头。

乔晋急匆匆地推开了玻璃门，离开了便利店，但是一走到外面他就愣住了。

所有的声音像是一瞬间被从耳朵里释放了出来，风声、树声、泉声、鸟声……还有远处巨大的瀑布发出的轰鸣声。

此刻的他并不是站在公路上，而是一条宽敞无比的大路，周围群山环绕，到处鸟语花香，景色十分迷人。如果这个地球上真的有一个地方可以称之为童话世界，这里肯定是最符合的。

【秦蕊篇】

秦蕊说出那句话之后，她看到对方的表情出现了很微妙的变化。

安娜走到她身后解开了她的手铐，狐疑地盯着她：“你对亚里亚的了解有多少？”

“亚里亚是陪伴我长大的一本书，里面所有剧情我都知道得一清二楚。”秦蕊活动着有点抽筋的手腕，有点别扭地说道，毕竟很少有二十几岁的人会对一本少儿奇幻图书表现出这么着迷的态度。

安娜重新露出了笑容，秦蕊以为她是在嘲笑自己，但是她却说道:“也许你应该参加我们的新兵甄选。”

“什么？”秦蕊几乎要脑补一个黑人问号脸。

“亚里亚联合总部的使命是和亚里亚息息相关的，我们每一年都会从世界各地审核出 10 ~ 30 岁的 100 个年轻人成为我们的新兵。但是经过一个月考核，最后我们只会从中选出 20 位成为我们的正式成员，如果你可以通过新兵甄选成为我们的正式成员，你的所有疑问都可以得到回答。”安娜简要地解释着，“怎么样，有兴趣吗？”

“那如果不通过会怎样？”秦蕊没底气地问道。

安娜举起那支笔：“不会怎样，但是你会有长达一个月的记忆被替换掉，这对你往后的人生不会有任何影响。但是据不完全估计，可能智力有十亿分之一的损伤。”

“也就是关于这里的事情，无论发生什么，我都不会记得了吧？”秦蕊有点悲伤地说道。

安娜点了点头。

“如果我答应了，这一个月我都不能回家了吗？如果我家里人和朋友担心我怎么办？”秦蕊想起了乔晋，他们现在一定都在找她，也许已经报警了也说不定。

“这个你不需要担心，我们可以给你时间去处理这些事，编一个好一点的借口之类的。”安娜轻松地说道。

说实话，像这样奇怪的事情，就算是秦蕊一时之间也不是很能接受得了。但她还是答应了，读书时那种求知欲和好奇心让她无法拒绝。

安娜高兴地将圆珠笔投进了桌上的笔筒里，然后她从柜子里拿出一副眼镜递给她，示意她戴上，她自己也戴上了同样的眼镜。

“现在你能看到前面的合同了吗？”安娜用手在她眼前画了个一字。

突然一张蓝光合同出现在半空中。

秦蕊点了点头，用手摸了摸，但是只是穿过了空气，什么也没有。

“别乱动。”安娜说道，然后她点了下合同，合同里的条款全都成为了图画形式，简单明了。“这只是一份十分普通的保密合同。通过图画和文字说明，你应该都能看懂，如果你同意，只要在提供指纹的这个位置用拇指按下去就可以了。你可以像用手机一样拉动合同内容。”

秦蕊尝试着一条条地看着，条款都挺正常的，她拉到了最下方，看到了有个长方框提示按下指纹，她将拇指按了上去，但随即指头像被针扎了一下。

她急忙抽回，查看自己的拇指，但并没有发现伤口。

“别担心，我们只是给你植入了纳米禁言令，一个月后就会自动从你的大肠排出。”安娜收回合同，摘下眼镜说道。

“禁言令？”秦蕊有点吃惊，在她的身体里竟然有这样的东西。

“从今天起只要你踏出这里，关于这里的所有事情，你都无法告诉任何人。我必须说，这是强制执行的，你就是想说出口也发不出声音来。”安娜道，“不过这并不会影响你的正常交流，只要不涉及这里的事，你可以像平时一样自如，关于这一个月的事情，我相信你可以编出让你的家人和朋友不需要担心的借口。如果出现问题，我们也会帮忙解决。”

秦蕊看了一眼笔筒里的圆珠笔，她知道他们会怎么解决，所以她还是自己想办法吧。

“这是我的名片。”安娜递给她一张黑色的小卡片，秦蕊接过后，她走到门边，下了逐客令，“现在你可以回去处理好你生活上的事情，不过我必须提醒你，我们的新兵甄选报名马上就要截止了，你必须在明天中午前来这里，否则就没有机会了。”

秦蕊还想问点什么，但想到以后还有大把的机会，于是闭上了嘴，起身离开了办公室。她走到了走廊，发觉这里正处于一座瞭望塔的塔顶，从瞭望塔的电梯下来，再到大门，连一个人都没碰到。

等她走到门口的时候，却发现门外停着一辆黑色的劳斯莱斯，后座的车门打开着。

秦蕊往四周看了一下，似乎没有其他人，于是她坐进了汽车后座。关上车门后，秦蕊还没开口，汽车就开始启动。

从后视镜里，她发觉司机看起来有点非裔黑人的血统。她张了张口，犹豫着要说英文还是中文。幸好这时司机先开了口，带着点南方口音问了句："去哪？"

秦蕊告诉了她学校的地址，司机便没有再开口了。

03 爱生气的猫

离开那个地方的时候，秦蕊回头看了好几眼，似乎觉得这个地方会突然消失一样，但是并没有，在那里几公里外就有一条渺无人烟漫长的公路。汽车驶上公路，秦蕊看到路边有一块站牌，写着“亚里亚”站。她在这个地方生活了这么久，从来没听说过有这么一个站。

公路四周都是高山，虽然一路都有路灯，但还是看不太清四周的景色，天色有点阴沉，月亮在云后若隐若现。汽车里播放着舒伯特的小提琴曲。虽然秦蕊盯着车窗玻璃，但思绪却根本不在上面。

秦蕊觉得自己只是在音乐的催眠下稍微闭了一会儿眼睛，可是当她再次睁开眼睛时，却发现外面已经是晨曦，而且周围都是自己熟悉的建筑。

马上就要到学校了，这时候她听到口袋里手机的振动声，在山里一直没有信号，刚才在亚里亚基地的所见所闻完全塞满了她的大脑，直到这时她才记起来应该向其他人报平安。

秦蕊急忙拿起手机，看到收件箱提示有十几个未接电话和几十封未读短信。大部分是来自莫俪的，还有其他一些陌生号码，她下拉屏幕却找不到有来自乔晋的。秦蕊将电话打到莫俪的手机上，在彩铃过后，莫俪的声音响了起来。

“是小蕊吗？”莫俪的声音急迫且有点疲惫地问道。

“是我。”秦蕊说道，“对不起，你们很担心吧，我是在山上……”

“小蕊！太好了，你没受伤吧？你一晚上去哪里了？”莫俪带着哭腔连珠炮般说着。

“我没事，对不起，让你们担心了。”秦蕊有点抱歉地挠着头，“我刚从山上找到路下来，现在就赶回学校。”

“是乔晋找到你的吗？”莫俪忙问着。

“不是啊，我没见到他。”秦蕊隐隐觉得有点不对劲，她追问道，“乔晋没和你在一起吗？”

电话那头停顿了一会儿，然后莫俪突然哭了起来，旁边似乎有人在安慰她。

“莫俪？莫俪你还在吗？到底怎么回事啊？乔晋发生什么事了吗？”秦蕊对着电话焦急地问着。

刚好这时汽车已经快到门口，秦蕊挂断电话，等汽车停下来后，她匆忙地和司机告别，赶往莫俪的宿舍。

“莫俪。”秦蕊推开半掩着的门，看到莫俪正梨花带雨地靠在一个男生的怀里。那个男生她认得，是和他们一起去露营的其中一个。

莫俪一看见她，急忙推开身边的男生，擦了擦眼泪说道：“你回来啦。”

“你在电话里一直哭，我很担心……”秦蕊解释着。

“我们发现你失踪后，就分组去找你。”莫俪话一出口又开始哽咽起来，眼泪一颗颗地往下掉，“我只是一转身的工夫，乔晋就不见了身影。当时周围太黑了，而且好像还有野兽的怪叫声，我实在太害怕就跑回了营地。后来……”

“后来怎么了？”秦蕊不安地追问。

“后来其他人也回来了，我告诉他们乔晋不见了，大家开始讨论要不要去找乔晋。但是他们担心如果继续找又有人不见了，所以我们决定先一起下山报警。”莫俪呜咽着说完。

“那你们报警了吗？警察有找到乔晋吗？”秦蕊抓着她的手，惴惴不安地说道。

“警察在悬崖边找到乔晋的一件外衣，上面除了血迹之外还有老虎的抓痕。”莫俪捂着脸哭着说道，“他们说乔晋生还的希望很小，即使不是被老虎吃了，也可能摔下悬崖……”

“乔晋不会有事的。”秦蕊愕然地笑了笑，“他一定能够脱险，他一定是像我一样在哪里迷路了，一时没找到路，他会回来的。”说完之后，她转身要走。

莫俪紧张地拉住她：“小蕊，你要去哪里？你千万不要想不开啊。”

秦蕊眨了眨眼睛，“我没有想不开，你不用担心。”她拍了拍莫俪的手臂，“我还有些事情，如果乔晋回来的话，麻烦你告诉他，我很好。”

“小蕊……”莫俪有点哀伤地看着她。

“再见，莫俪。”秦蕊说道，然后她头也不回地离开了宿舍。

【乔晋篇】

乔晋站在一块巨大的石碑前，嘴巴张得可以吞下一整颗鸡蛋。

巨大的石壁上刻着他看不懂的象形文字，唯一能看懂的只有那三个大字“亚里亚”。其实即使没有这三个大字，从走出便利店的那一刻，他也猜得出这里就是亚里亚灵境。

乔晋是在这个城市出生的，虽然他们一家搬到了城市居住已经很多年，他的爷爷和奶奶却是葬在很遥远的乡下，所以每一年他们都得回乡下祭祖。

太小的时候，因为路途过远，父母不便带他去，一直到他小学即将毕业的那个暑假，他才第一次回到了祖辈们的生活之地。

一直在城市生活的乔晋，来到那个地方时，感到一切都十分新鲜，满世界的绿色，连空气都是清澈无比的。放眼望去，视野广阔，山峰连绵，山脉间小河流淌。

宽阔的大道上连一辆车也没有，那里的人们出门都不用关窗门，因为从来没有小偷光顾。夜晚时，从天井望出去，满天的繁星似乎伸手可得。

小乔晋在那里住了好几天，甚至都不愿意回去。父母只好让住在乡下的二伯代为照顾。二伯是个很温厚纯良的人，他的家人说的方言，小乔晋虽然听不懂，但是却从他们整日祥和的面容里感觉到亲切。

不过在那里生活也有许多不便，比如那里的房子都是独门独户，常常隔了一段距离才能看见另外一家。而要找到一家店就更困难了，那里的人家都是自耕自种，自给自足，只有家里来客人才会到集市买东西。

有一天乔晋像平时一样在外面闲逛着，突然发现在大树下有个老人家正抬着头向上方张望着，看起来有点焦急。

乔晋也走了过去，好奇地向树上张望，这才发觉树枝上趴着一只大黑猫。那只猫一直叫唤着，尝试了好几次向下爬了又颤悠悠地不敢下来，看起来很纠结。

乔晋二话不说挽起袖子三两下爬到了树上，将那只猫救了下来。

老人家抱着猫，说着很多方言，从他表情上看应该是在感谢他的帮助。

乔晋心情很好，觉得自己做了一件很有意义的事情，当他要走的时候，老人家突然拉住他，好像是在叫他等一下。

乔晋看着老人家回到了不远处的屋子里，一会儿的工夫，他拿着一个牛皮纸包裹走了出来，将那个包裹递给了他。

乔晋和老人家告别，带着那个包裹回家了。

回家后，他打开了包裹，发觉那是一本崭新的书，名字是《亚里亚神鉴》。

过去的乔晋并不喜欢看书，所以他只是将书收到了房间柜子里。直到有一天外面下了大雨，他被困在屋子里，不能再到处闲逛。无所事事的他，在房子里找了一圈也没有找到什么可玩的东西，这时候他只好将那本书拿出。

乔晋一开始只是躺在床上无聊地翻看着，但是不久之后，他就被那个故事吸引住了。他一口气把一整本书都看完，那几乎是他过去好几年的阅读量。

故事看完之后，乔晋仍然觉得不过瘾，他发现这本书还有另外两册续集，于是第二天他火急火燎地跑到了那位老人家的家里。

可惜他们语言不通，乔晋花了好大力气，比手画脚地解释着，最后老人家总算是有点明白，但是他也用手脚比画着，表示只有这一本，而没有其他的了。

乔晋遗憾地回到二伯家，二伯见他闷闷不乐的样子，就询问他原因。乔晋将事情和他说一遍，二伯却笑了起来，说想要买到那本书还不容易吗。

很快二伯就从集市上买来了另外两册。

乔晋也如愿以偿地读完了整个故事，从那时候起，亚里亚就成为他生命里的一部分。

乔晋已经很久没有想起这些事了，他也不记得是什么时候开始，现实的琐碎和繁忙让他忘了当时的感觉。

可是现在他站在这里，那个雨夜，第一次阅读亚里亚时那种身临其境的神奇力量似乎又回到了他的身体里。

他离开了石壁，继续向前走着，直到看见了石柱阵，正如书里写的那样，那些石柱直入云霄，巨大的石柱群上刻着古老的文字和荆棘花纹，场面十分震撼。

“伊雪在石柱阵迷了路，她感到既惊奇又惶恐不安……”乔晋想起了书里的这句话，然后他又想起了接下来的故事剧情。

一只穿着燕尾服直立行走的猫穿梭于石柱间，不停地舔着爪子，边走边发出咕噜咕噜的声响。

他望向石柱群，果然看见了一只和书里所写的一模一样的猫。那是最初引导伊雪的猫先生，乔晋突然感觉一阵惊喜，可是很快又皱起眉头。他原本的目的是为了找到眼前产生幻象的原因，可是现在他却完全是在享受这个幻境。

他拍了拍脸颊，想让自己清醒一点，他知道现实是什么，他知道当他从神奇的梦境里醒来的那一刻，如果自己以为是真的，那会产生多大的失望。小时候无数次相信奇迹的他，也无数次地被现实浇了冷水，直到能够认清楚实实在在的世界。

如果他暂时无法从这里出去，那他也必须带着清醒走完。

乔晋跟上了那只猫，他记得故事中说，只要给他一点吃的，他就会笑着给你带路。如果你恐吓或者吓到他，他就会露出狰狞的脸开始吃人。

乔晋在身上摸了摸，只找到了一块口香糖。

但是他现在也不知道下一步该怎么走，只能试试看了。

猫先生是很容易受到惊吓的。所以当他听到脚步声，一下子跳了起来，露出狰狞的表情和爪子，但乔晋立即丢给他一块口香糖。

猫先生嗅了嗅，将口香糖放进嘴里嚼着，脸上也慢慢恢复笑容。

“这里很久没人来了。”猫先生一边嚼着口香糖一边漫不经心地说道。

“这里是亚里亚灵境吗？”乔晋问道，虽然他心里很清楚。

猫先生用那双绿幽幽的猫眼盯着他：“你知道答案，但是你抗拒接纳这一点，你害怕承认自己错了，而且一直都是错的。”

乔晋也盯着他看，没有反驳也没有赞同，只是继续问道：“我要怎样才能离开这里？”

“触发器。”猫先生吹着泡泡。

“什么是触发器？”乔晋问道。

“触发器是通往亚里亚的唯一一把钥匙。只要有了它，你就能在两个世界自由行走。”猫先生说道。

“我在哪里可以找到它？”乔晋急忙问道。

“它就在你身上。”猫先生盯着他的口袋。

乔晋疑惑地摸了摸口袋，他拿出了那枚图案古怪的硬币。不过现在硬币上的图案变了，是他所熟悉的荆棘花图案。

“那就是触发器，也就是钥匙。以前是某人的，现在是你的。”猫先生眼睛发直地看着硬币，“你最好把它藏好，钥匙给你带来好运，也会给你带来死神。就像我和你，就像世间万物……”

乔晋不太明白猫先生的话，但是他知道如果如故事所写，猫先生的警告总是有益无害的。

他把硬币握紧，问道：“我该怎么使用它呢？”

“正面朝上翻三次是入口，反面朝上翻三次是出口。”猫先生说道，“有花纹的是正面，数字是反面。”

“谢谢你，猫先生。”乔晋说道，“我没有其他问题了。”

猫先生向他行了个礼，转身走进了石柱之中，“我们还会再见面的，给你最后一句忠告：镜子里的你也是你。亚里亚库克，斯库特斯……”

猫先生越走越远，最后彻底隐去了身影。

04 感情的抉择

【秦蕊篇】

第一次遇见乔晋是在六年级的暑假，那时候她的父母只是分居还没办离婚手续，每次回到家里都会碰见他们在争吵，所以秦蕊很少待在家里。小时候的她很爱玩，而且父母也不怎么管她，所以她什么都敢玩，和小男孩一起爬树游泳抓鱼，甚至爬到别人家的阳台或者屋顶上的事情也没少做。

人生轨迹是一件很奇怪的事情，永远也无法预测。过去的秦蕊和现在差别很大，而对她产生影响的很大原因是因为乔晋，因为是乔晋带她走进了亚里亚。

在乔晋的记忆里，他们是在初中才认识的。因为乔晋不知道，秦蕊曾经爬上他们家的阳台，看到他全神贯注地看着《亚里亚神鉴》。而且秦蕊见过很多这个年龄段的孩子，房间都会贴很多明星和漫画的海报，但是乔晋的房间里却画了很多看不懂的哥特式符文图案。

那神奇的一幕在秦蕊脑海里留下了深刻的印记，甚至她一开始以为乔晋不是地球人。

即使后来她知道乔晋的家庭并没有什么特别的，仍然对他很好奇。

升上初中后，乔晋刚好和她分到了同一班，这也增加了她观察乔晋的机会，后来她总结出一个规律，那就是乔晋只是个奇怪的书呆子。

可是在学校里，特殊并不是一件好事。初二以前的乔晋个子并不高，又小又瘦，还是个书呆子，不管从哪方面看，别人都有欺负他的理由。

秦蕊本想出手帮忙，但还没出手，就被老师看到了。他们一群人被叫到了办公室，在那里乔晋第一次开口和她说话，说了句谢谢。

虽然什么都没做，但是秦蕊却得到了别人的感谢，她觉得很不可思议。那是她有生以来第一次听到感谢她的话。她过去一直认为自己是毫无价值的，那时候父母每天争吵，她的妈妈甚至和她说过，是她的出生毁了她的一生。

因为觉得自己毫无价值，所以怎样都可以。可是现在却有人对她说了谢谢。

秦蕊问乔晋，他每天在看的那本书到底是什么？

乔晋向她介绍了亚里亚灵境。

一开始只是为了和乔晋成为朋友，秦蕊才开始阅读《亚里亚神鉴》。可是当她也被故事吸引后，就不再只是因为乔晋了。

这个故事就像一面镜子，将她长期以来内心的孤独感和不安全感照得一清二楚，她从来不知道一本书的力量可以有这么强大。

她好像一直都在荆棘丛里迷失着，仍被那些尖利的枝丫割得遍体鳞伤。可是突然间看见了一条安全的小路，她才发现其实这个世界并不全都是荆棘丛。

看到故事的那一刻，她仿佛才真正活着。亚里亚就像一个一直都存在于那里的世界，而他们之间似乎从始而终都有一条隐形的线牵引着，直到乔晋的出现，将那条线清晰地摆在她的面前。

亚里亚成为她的安全屋，从那时候起，即使耳边听到父母的争吵，她也可以躲进亚里亚这个故事里，里面的每个人物都会给她缺失的所有的爱和勇气。

她爱他们，而他们也爱她。

最终，秦蕊也变成了书呆子，但是她却不讨厌这个身份，书籍和故事给她带来了生存下去的温度。父母离婚的时候，她刚好考上大学，母亲没有争取过她的抚养权。虽然法律把她判给了父亲，但是父亲已经和别的女人成了家，继母还带着三个孩子。大学四年的学费和生活费都是她靠自己打工和奖学金维持下来的。

实际上秦蕊很早就感觉到乔晋会离开亚里亚，因为乔晋有一个幸福的家庭，他的父母是一对很恩爱友善的夫妻，家境也十分殷实。当他越长越帅，彻底从人际上找回自信之后，亚里亚就不再能够令他取暖了，因为能够让他取暖的选择太多了。

也许乔晋早晚会离开亚里亚，但是秦蕊一直认为乔晋不会离开自己。乔晋对她来说，从一定意义上已经是她的亲人，或者说从感情上是她在这个世界唯一的亲人。

除了亚里亚，她在现实的唯一取暖之地，就只有乔晋了。

“乔晋一定不会有事的。”秦蕊离开宿舍之后，一直在重复着这句话，她刚才已经想到，既然她能够找到亚里亚联合总部，也许乔晋也和她一样，也许乔晋已经成为了那里的新兵。

她来到了公路上，随即拦了辆车赶往他们露营的那座山。

秦蕊正坐在车里思绪万千，这时候她的手机突然响了一下。她拿出来看到是莫俪发来的短信：“小蕊，乔晋找到了！现在在市中心医院，我和朋友先过去了。”

看到这个消息，秦蕊简直欣喜若狂，她赶紧催促着司机掉头开往中心医院。

秦蕊在医院前台询问了乔晋的病房，也得知了乔晋是从山上摔下来的。

快到乔晋病房的时候，秦蕊突然放慢了脚步，听到乔晋的消息她实在太高兴了。但是现在她开始想到自己要怎么向乔晋解释失踪的这段时间，她从来没有和乔晋隐瞒过任何秘密。刚才有一瞬间，她甚至希望乔晋能够和她一起去亚里亚联合总部，他们可以一起成为新兵，重新像过去那样……

秦蕊正想着，不知不觉已经走到了那间15号房，那是乔晋的病房。她正要敲门，却听到从里面传来了争吵声。

“乔晋，你到底还记不记得我才是你女朋友！我不是木头人，我真的没办法再忍受你为了她而受伤。”莫俪生气地说道，“你管她的事已经够多的了！从我进来的那一刻，你除了关心秦蕊，你关心过我的感受吗？”

“莫俪，你到底在说什么啊？”乔晋很愕然地看着她，“秦蕊是我十多年的朋友，而且我是真的有很重要的事情要找她。”

“你和她之间到底有什么很重要的事情？”莫俪就像一个即将爆发的高压锅，“有什么你不能和我说？”

“我……”乔晋沉默了，莫俪是个很善解人意的女孩，但是他真的不确定她可以接受和现实背道而驰的离奇事件。

“够了，乔晋。”看到乔晋的沉默，莫俪真是伤心透了，她捂住脸不断地哭泣着，“你知道我爱你，我真的很爱你。”

“莫俪。”乔晋走过去，将她抱在怀里，亲吻着她的秀发道，“你这个小傻瓜，你知道秦蕊对我而言就像妹妹，我答应你，我以后会多在意你的感受好吗？”

莫俪仍然在抽泣着，但是她紧紧地抱住了乔晋。

秦蕊背靠着走廊的墙，她不知道自己为什么感觉这么糟糕，只能露出一个带着几分自嘲的苦笑。她是希望乔晋幸福的，但是她也说不清自己对乔晋到底是什么感情，是对过去那种记忆的眷恋感，还是心灵上的契合？

但是无论是哪一种，现在也应该结束了。

她已经不知不觉变成了乔晋身上的一个包袱，不仅在拖累他，甚至差点害死了他。而且她以后还得一直对他撒谎，想到这些，她实在不知道该怎么去面对他，她甚至不知道该和乔晋说些什么。

也许只有离开才是正确的，只有分开，他们才能各自成长，各自展开自己的新生活。

这一天也许早晚都会到来，但至少现在她知道该去哪里。

秦蕊离开了医院，在路上给莫俪发了一条短信：“莫俪，代我向乔晋道歉，因为有事不能去看望他了。而且我准备到外地散散心，也许一个月也许更久，请帮我转告乔晋，不要担心我也不要来找我。好好照顾乔晋，祝你们幸福。”然后她把手机关机了，她没有勇气亲口对乔晋说这些，也没有勇气再去面对他们。

或许这样显得很懦弱，但是她怕自己的心脏再也无法承受下去。她怕临别时，说了不该说或做了不该做的事情。

现在这样就好，彼此停留在这样的印象里就好。

秦蕊回到宿舍收拾行李，无意间，她看到了床底的那本被自己撕坏的《亚里亚神鉴》第一卷，那是乔晋送给她的，她将书和碎片收集全，装进塑料袋里，和另外两册一起塞进了行李箱。

她搭乘汽车回到了那座山，一路上的风景恍如过去十多年的一幕幕记忆，带着乔晋的影像一起消失在身后。

05 新兵的初试

秦蕊拉着行李箱下了车，来到了恒山路，她望着寂静无人的公路，他们当初就是在这里找到一条捷径进入山里的，她正朝茂密的树丛里寻找着那条小路，犹豫着要不要拨打安娜名片上的号码。

这时候，她突然听到上空有直升机的鸣响，而且越来越近，一阵狂风袭来，将周围的草木吹得花枝乱颤。

秦蕊抬起头，发现那架直升机在上方盘旋着，从打开的舱门垂下来一条绳梯，那一瞬间，她以为会再次看到那个红发女人，然而出现在舱门口的却是一个黑人。

是那个非裔司机，他朝秦蕊喊道："安娜让我来接你，上来吧。"

秦蕊拂过凌乱的刘海儿，她紧张地抓住晃荡着的绳梯，在司机的帮助下，好不容易才爬上绳梯进入了直升机内。

直升机飞到高空，下方的景象离得越远，也越显得渺小。可以看到方圆好几百里整个地貌，那些横穿的公路曲曲绕绕，却绘成一把凯尔特风格的钥匙，黄土上点缀着绿林，山丘在迷蒙的雾气环绕下显得遥不可及。河流成为了一抹蓝湾，稻田如同一幅十字绣。

俯瞰地面，秦蕊突然有一种将事物抛于脑后的解脱感。

直升机很快将他们带到了亚里亚基地，从上方看去，亚里亚基地就隐藏在山林环绕的中心地带。

直升机在离亚里亚基地还有几百米的一处空旷之地降落，秦蕊从飞机上下来，感谢了黑人司机，黑人司机朝她竖起大拇指，说道：“后会有期。”

秦蕊拖着行李箱目送直升机离开。

快到门口的时候，她一眼就看到安娜的那一头耀眼的金发。

“没想到我们这么快又见面了。”安娜热情地上前拥抱了秦蕊。

秦蕊挠了挠头：“抱歉，我因为一些事所以……”

安娜仍然是笑盈盈地看着她：“想必是让你感到为难的事了。没事，早点过来也好，我可以带你先适应一下。请跟我来吧，我们先去换上新兵的制服。”

秦蕊在刚才有过疑惑，为什么安娜会提前知道她什么时候来这里？但是她突然又想起了签保密协议时，被植入的禁言令。或者她的行踪也早在他们的监控之下了吧。

她既然选择这里，就代表她必须接受这些令人疑惑的事情，她决定暂时不要考虑那么多，先跟着安娜走进了亚里亚联合总部。

这一次，她明显看到有不少人员走动。

安娜将她带到了一栋大厦里，他们乘坐透明观光梯来到了三楼。在电梯里可以看见整栋楼的构造，里面有很多训练的设备，还有一些正在制造的机器。

看到这些，秦蕊仍然想象不出，这个地方到底是在做什么的？和亚里亚又有什么关系？

安娜打开了走廊的一扇门，秦蕊和她走了进去，看起来是一间衣帽间，只是衣架上挂的全是一模一样的黑色制服，在制服下方的柜子里全是一模一样的面具。那张面具引起了秦蕊的兴趣，她将面具拿起来，在穿衣镜前比对着。

面具两侧镂空的鹰翼很好地贴合脸部的曲线，头顶上是一个圆形的荆棘花纹章，面具遮住了大半张脸，很好地掩饰了人脸上可识别的特征。

“喜欢这个吗？”安娜在挑选衣服的空当，看着她笑道，“以后你会戴到厌烦的。”

秦蕊眨了眨眼睛，安娜将一件制服拿给她：“M 号应该适合你，换衣间在后面，去换上吧。”

秦蕊穿上了制服后，安娜又让她戴上面具，然后她从柜子里拿出一个号码牌别在了她的腰间。

“现在开始，你就不再是秦蕊了，而是新兵 33 号。”

秦蕊站在镜子前，看着穿上制服戴着面具的自己和腰间的数字 33，感觉整个人似乎完全变成了另外一个人。

“这是我们的新兵准则，在我带你去住处的路上，你可以先看看。”安娜在空气中滑动着，一张蓝光的条约出现在秦蕊面前。

秦蕊摸了摸面具上的镜片，看来他们是将那副眼镜结合在面具上了。在安娜带她去宿舍的路上，她很仔细地看了那张蓝光条约。

其中包括了不能告诉这里的人自己的名字，在住所外不能摘下面具脱下制服或者穿别的衣服等等。

秦蕊很是好奇，但是当安娜将她带到宿舍大楼时，她似乎明白了一点条约的规定。这座大楼里有不少人走动，但是每个新兵穿得都和她一模一样，戴的面具也一模一样，唯一能够区别的就是腰间的号码牌。

秦蕊一直以为她是唯一新进来的，但是很快她就发现在大楼的电梯上也有和她一样带着行李东张西望的人。

虽然戴着面具，但是秦蕊还是可以看到一个编号 14 的人全程一副目瞪口呆的模样在带领她 / 他的军官的催促下，才从电梯上下来。

安娜将她带到了住所，房门外有指纹识别，秦蕊按下自己的指纹后，房间门就打开了。安娜带她走进房间，秦蕊观察到里面的摆设很简单，只有一张床、一个床头柜、一张椅子、一个衣柜和单独隔开的浴室。如果有什么特别，那就是东南角的地方有个两米多高的桶状玻璃柜。

“从今天起你可以住在这里，这里每一间都是单间，你可以和其他人交流，但是不要忘了准则的内容。吃饭的餐厅就在第一层，你还没吃饭吧？”

秦蕊摸了摸肚子，一天里发生这么多事，她根本没把吃饭的事情放在心上，现在安娜这么一问，她倒真的饿了。她放下行李后，打算离开房间，但是安娜却摇了摇头，指着东南角的玻璃柜。

安娜将手放在玻璃柜上，在她们的前面打开了一道门，里面只能容纳一个人，秦蕊被推了进去，门随即关上了。安娜在外面朝她挥了挥手，便转身离开了房间。

秦蕊拍打着玻璃，想叫住她，可这时候与视线持平的玻璃上突然出现一个视频窗口，里面有个笑容甜美的小女孩，开口道：“欢迎您来到亚里亚基地，我是您的专属向导，伊雪 33 号。请选择您想要到达的地点。”

秦蕊还在想着伊雪这个名字，眼前就展开了一排数字，从 1 到 17，对应的有食堂、住处、训练场、射击馆、东区塔、西区塔等等让人看得眼花缭乱的地名。

秦蕊迟疑地按了食堂的选项，这时候她觉得地面突然震了一下，眼前的景象就从房间变成了大堂。

秦蕊从打开的玻璃门走出来，在她的身后是一整排的玻璃柜，像一群花园鳗一样此起彼伏。而在她的眼前，则是一排又一排的桌椅，坐满了黑乎乎一片戴着号码牌的新兵。

秦蕊找到一个空位，她好奇地四处张望，发现很多人都在眼前比画着，然后桌上就出现了食物。她往桌上摸去，并没有什么机关按钮。可是下一秒，当她抬起头时，被眼前突然出现的伊雪33号给吓了一跳。

“欢迎来到食堂，我是您的专属向导伊雪 33 号。”伊雪为她示范了如何点餐，只要通过面具上靠近耳朵的按钮，就可以拉出菜单，蓝光菜单上几乎什么菜品都有。秦蕊选择了一碗拉面，很快她前面的桌面就移开了一块圆板，升上来一碗热气腾腾的拉面。

秦蕊看到食堂里虽然坐满了人，但是却很少有人交谈。

吃完饭后，秦蕊回到了住处。虽然这里很冷清，但是秦蕊却没有那种陌生且冰冷的感觉。她将自己的行李收拾出来，做完这一切，她躺在了床铺上，一股倦意袭来，她想起自己似乎很久没有闭过眼了。

秦蕊完全睡着了，直到房间里突然响起了一首钢琴曲。她从床上惊醒，四处张望着，接着她发现眼前的半空中出现了一排移动的红字。

“新兵甄选通知：下午 3 点半于第三瞭望塔集合，进行初选笔试，谨记穿好制服和面具。”

秦蕊拿起手机，发觉已经过了 3 点了。她将面具摆正，又理了理制服，打起精神往传送舱走去。

传送到达室外后，传送舱便遁入了地下，秦蕊发现自己正站在写着传送舱字样的地面上。

她跟随相继传送到这里的人一起走向了不远处一座瞭望塔的下

方，秦蕊又看到了那个 14 号，她慌慌张张地从远处跑来，几次都差点撞到别人。从身形判断她觉得那应该是个女孩子。

14 号也看到了她，她透过面具后的那一双水灵灵的大眼睛好奇地打量着她的号码牌。秦蕊听安娜说过，号码牌是随机的，并没有先来后到的顺序排列。

等人员陆续到达后，时间也差不多到了三点半，瞭望塔下方的门缓缓打开，大家走了进去，发现是一间教室，秦蕊看到桌子上标记着号码，她寻着标记找了好一会儿才找到了 33 号。巧的是在她旁边的就是 14 号，她们两个对视了一眼，不约而同地相视一笑。

铃声响起后，在他们的桌上浮现出一张试卷，试卷旁边夹着钢笔。秦蕊摸了摸试卷，感觉并不是纸质的。她扫视了一眼试题，发觉那些题目都很眼熟。秦蕊后知后觉地发现其他人已经都在奋笔疾书了，她赶紧也拿起笔填了起来，那些题目全都是《亚里亚神鉴》里的内容。所以秦蕊很快就写完了试卷，她又检查了两遍这才放下了笔。

秦蕊发觉在讲台前方有个大写的数字 59，接着显示 58、57……她这才明白原来是在倒计。她赶紧又埋头检查着自己填写的内容，在倒计时结束铃声响起后，试卷自动回到了桌子正中，钢笔消失了。秦蕊可以看到试卷在自动评分，她最后的得分是 98 分，整张试卷就只是写错了一个字。

14 号在旁边发出了一声惊叹，秦蕊看向她的试卷，上面显示 61 分。

就在这时，他们的身边突然有几个人咚的一声趴倒在桌上，门外进来了好几个穿制服的人将这些晕倒的人带走了。

第三章

那个舞动着的绷带人走到他的眼前，一双漆黑的眼珠子从绷带里往外望着，然后整个被绷带缠住的嘴巴处突然裂开一条缝隙，像在微笑。

01 女孩的故事

“第一轮筛选已结束，恭喜留下来的人，你们已经成功进入下一轮的挑战。”讲台上一位东方人长相的军官说道，“接下来将由我带领你们进行为期一星期的身体训练，7 天后，测试的最终结果将决定你们是否能够进入第三轮。现在你们可以回去休息了，我们的训练会在明天早上 7 点开始。”

秦蕊跟随人群一起离开了教室，这时候有个女孩的声音在后面喊道：“33 号，你等等我。”

秦蕊停下了脚步，看到 14 号从后面赶了上来。

“你好厉害啊！居然考了 98 分！”14 号突然说道，她的声音实在太大声了，引得好多人都朝她们看来。

“不是吧，居然有人考了 98 分？”

“不可能吧……”

“是哪个啊？”

“就是那个 33 号。”

人群里一下子热闹起来，好多互相不认识的人都突然开始说起话来，每个人都想看一看那个考了 98 分的 33 号到底是何方神圣。

“这个也没什么吧，都是亚里亚的内容。”秦蕊有点不知所措，她过去还从来没有因为知道一本少儿图书的内容而受到如此多的关注。

“这个我知道，但是没有人可以记得那么多。”14 号仍然用十分敬佩的语气说道。

说得秦蕊更加不好意思。

“哼，书面考这么多有什么用，又不是实战。”这时人群里突然有个人很不屑地开口道。

大家都看了过去，秦蕊也看到了，那个人的身材看起来比莫俪还要好，前凸后翘，即使是一样的制服穿在她身上，却显得像模特秀和一群买家秀对比，而且她的号码是很独特的 7 号。

“你怎么知道她实战就不行呢？”14 号很不高兴地说道。

“那要不要来打赌啊？”那个女人双手环臂挑衅道。

秦蕊急忙拉住 14 号，连连摇头，她可不想第一天就惹祸。

“行了行了，都散了吧。打什么赌，大家来这里的目的又不是为了分数。”人群里有人和解道。

听到他这么说，大家都互相看了看，然后各自散开了。

7 号很明显地瞪了秦蕊一眼，然后才转身离开那里。

秦蕊实在觉得莫名其妙，她什么都不太清楚，就感觉像多了个敌人。

“那个 7 号太讨厌了。”14 号愤愤不平地说道。

秦蕊苦笑了一下：“她说得也不是没道理，我根本不知道实战是做什么的，实际上，我连这里是做什么的都还没搞清楚呢。”

“怎么可能？你别和我开玩笑了。”14 号笑道。

秦蕊很诚恳地说：“我没和你开玩笑，我很想知道你们是怎么被挑选过来的？”

听到秦蕊这么说，14 号的眼神似乎多了几分严肃感，她打量着秦蕊，语气有点阴郁地说道：“我并不是很想说，但是……”

“是很糟糕的遭遇吗？”秦蕊想起了她的遭遇。

14 号点了点头：“如果我告诉了你，你也会把你的事情告诉我吗？”

“如果你想知道的话，我可以告诉你。”秦蕊很认真地说道。

“我们还是找个地方坐下说吧，我怕我自己会情绪失控。”14 号突然露出很苦涩的笑。

秦蕊预感到她要听到的可能是一段很糟糕的经历，但是她没有想到发生在 14 号身上的根本不能用糟糕来形容……

14 号原本有一个哥哥和一个妹妹，她的父母在乡下租了一个农场，在那里他们养了很多羊。可是去年的冬天，雪突然下得特别大，父亲担心羊群，于是他和哥哥冒着大雪去加固羊圈。

可是到了傍晚他们还是没有回来，暴风雨仍然没有停下的意思，家里的人都特别担心。

山上常有狐狸、野狼和鬣狗，妈妈让 14 号照顾好妹妹，她拿着猎枪去查看情况。

14 号从窗口看着妈妈踏着雪远去，那时候她有一种特别不安的感觉。可是她不能表现出来，因为她的身边还有小她六岁的妹妹。

为了消除紧张，14 号指导妹妹写作业，妈妈走后约莫半个小时，她们突然听到门外有急促的敲门声，甚至有点像砸门的声音。

14 号让妹妹躲进桌子底下，她跑去窗户边，正想张望，窗口突然出现一张满是血迹的脸。她吓了一跳，但仔细看那是妈妈的脸。

妈妈眼睛瞪得大大的，满是惊恐，她拍打着窗户叫她赶紧开门，不时还朝后张望。

14 号赶紧跑去开门，门外的妈妈看起来像和人打过架，身上和脸上都有抓痕。她还看到在不远处有两个身影正朝这边走来。

妈妈一进到屋里就赶紧锁上门，又将旁边的桌子堵在门后，一边喊着她们帮她一起把门窗都封起来。

14 号和妹妹都特别害怕，14 号问妈妈发生了什么，但是妈妈却说先别问那么多，快去把所有的出入口都堵上，能堵多严实就堵多严实。

14 号在用报纸封住窗户的时候，看到爸爸和哥哥已经快到这里了。她急忙想跑去开门，但妈妈拦住她。她担心妈妈误会了，急忙说是爸爸和哥哥回来了。

但妈妈听到后不仅没有任何高兴的样子，反而脸色更加惶恐。

“他们不是你爸爸和哥哥。”妈妈说道。她在房间里找到另外的猎枪紧紧地握在手里。

那时候 14 号以为妈妈是受了什么刺激，她明明看到的就是爸爸和哥哥。门外响起敲门声，可是妈妈却将她和妹妹紧紧地抱住，用手捂住她们的嘴不让她们出声。

过了一会儿，敲门声停止了，妈妈刚一松手，妹妹突然哭着喊爸爸。突然窗户开始抖动起来，屋里的墙纸似乎有什么在其中蠕动着。妈妈拿起了猎枪，不断地往墙纸上开枪，直到把墙打成了蜂窝。

14 号看到在其中一个洞口里有一只血红的眼瞳在窥视着她们。她吓得尖叫起来，妹妹一直在哭。妈妈又开始疯狂地朝四周开枪。后来有一道光从那些洞口射了进来，她听到了直升机的引擎声。

外面响起了枪声，不久后又归于平静。

14 号和妹妹躲在妈妈的身后，妈妈仍然举着枪，浑身发抖。外面的人喊到：“你可以放下枪，你们已经安全了。”

妈妈并没有放下枪，她好像被吓坏了，一直死死地瞪着那些洞。然后 14 号看到有一只针头嗖的一声扎在了妈妈的手臂上，妈妈的手突然没了力气，她的枪掉到了地上，整个人都瘫软了下去。

14 号跑过去喊着妈妈，她当时脑子里一片混乱。只记得有人炸掉了门，一个穿着军服的人走了进来，他看了一眼屋里的景象，然后他从胸口拿出一支笔，门外又走进来好几个人，把她们三个人按住，他拿着笔在她们的脖子后扎了一下。她突然感到眼皮很重，就睡了过去。

等 14 号醒来，她们还在屋子里，但是屋子却完好如初。妈妈和妹妹也在，她们很伤心，但并没有恐惧。妈妈告诉她们，昨天晚上暴风雨，爸爸和哥哥出了事故，警察今天早上已经送来他们的遗体，从现场判断是因为雪崩被雪覆盖窒息而死，他们的羊也都死了。

14 号感到很惊讶也很不知所措，她和妈妈争执昨天晚上的事，但是妈妈和妹妹都不记得有那种事，况且房子好好的。

她对这件事耿耿于怀，所以趁着妈妈带妹妹出门，她撬开了墙纸，果然发现墙砖是新的。

14 号以为这下子总可以证明了，只要等妈妈她们回来，就在那时候，她听到了敲门声。她以为是妈妈，可是打开门后却发现是一个金发外国女人。

她自顾地走进来坐下了，并且让她也坐下。

安娜向 14 号解释她来自亚里亚联合总部，正在招募一些有特质的新兵，问她有没有兴趣加入。

一开始 14 号什么都没听懂，后来安娜向她解释了，她所看到的那些奇怪的景象，都是来源于一种病毒，代号是血魄。这种血魄是二战时某位博士发明的，本身并没有危害，但感染到人或者动植物上就会相当可怕。但当时还未投入使用，日军就战败了。博士选择了在海上自杀殉国，和病毒一起沉入了海底。

可是不知道什么原因，最近几年突然陆续有人和动植物被染上这种病毒。

她的爸爸和哥哥就是染上了病毒，开始疯狂地杀戮，把所有羊群都杀光了，她的妈妈也差点被杀死。而以目前的研究还没有找到杀灭它的办法，唯一知道的就是这种病毒最早的记载来源于《亚里亚神鉴》这本书。而且书籍中可能隐藏着对付血魄的方法。

为了制止事态的发展，他们成立了一支国际血盟军。

14 号刚开始觉得很不安，可是一想到自己的爸爸和哥哥的死，她就无法咽下这口气，所以她同意加入。

可是她并不知道他们的挑选标准是什么，也不知道他们需要做什么。

她只知道这里大部分人都是相似的经历，所以被邀请而来，大家都既恐惧又憎恨这种病毒。

02 艰苦的训练

听完 14 号的经历，秦蕊陷入了沉思。对于 14 号形容的血魄，她并不陌生，在《亚里亚神鉴》这本书里曾经有提到过，血魄是邪恶魔头兰利博士发明的一种病毒，抵抗它的唯一办法就是在手上画一个荆棘花。可是按照书中所写，在输给伊雪后，兰利博士和血魄就都消失得无影无踪了。

而且听了 14 号的讲述，让她想到初二时的血红天空事件，秦蕊也有相似的经历，可是为什么那个时候她没有立即收到邀请呢？是因为被漏掉了吗？还是因为她在那以后并没有对这些事产生过怀疑？

“我一定要通过测试，成为血盟军。我要为爸爸和哥哥报仇。”14 号很坚定地说道。

秦蕊顿时觉得有点羞愧，她想要留下来的原因，就只是为了不让自己忘掉事实真相。秦蕊按照约定，在 14 号说完自己的经历后，也将自己的经历毫无保留地和她说了。

“那么，你喜欢那个叫乔晋的吗？”14 号问道。

秦蕊摇了摇头：“我也不知道，也许有过。但是来到这里之后，我现在只想搞清楚所有的事情，我不会去想过去那些事了。”

“我们一起成为血盟军吧。”14 号握住她的手，掌心很温暖。

秦蕊微笑着点了点头。

第二天一大早，秦蕊就被房间的钢琴声吵醒，她匆忙洗漱好后来到食堂吃早饭。第二轮的训练是从 7 点开始，他们按照面具的导航图指引来到了训练场地。秦蕊本以为第一次训练，应该就是跑步这些，但是到了场地，才被通知是攀岩训练。秦蕊以前参加过攀岩，况且她小时候很喜欢爬到高处，所以她一直觉得没什么问题。

但是她没想到，他们的训练并不是在室内进行，而是在附近的悬崖进行。很多人在看到悬崖的一瞬间都倒吸了一口凉气。

初次训练，他们就仅靠一根绳索要爬到山顶才算达成目标。秦蕊看到 14 号一直在发抖，但是当她抓住绳索时仍然咬紧牙关一点点地往上。秦蕊也抓住了绳索踩着山崖往上攀爬，但是有好几次她都差点踩滑了。

半个小时后，前面的人已经快到山顶了，而落后的几个仍然在起点处，秦蕊已经快爬完半程，但是她到处找不到 14 号，当她低头看去时，发现 14 号正满头大汗地趴在一处山崖边一动也不敢动。秦蕊看到在他们前面的 7 号故意踩滑脚下的石子，而石子正好落向了 14 号，14 号被石子砸了一头，身子更加不稳。她急忙往 14 号的方向荡去，往下降到了 14 号的身边，拉住她的手臂：“别放弃，抓紧我，我们一起上去。”

14 号看了她一眼，咬紧苍白的嘴唇，抓住了秦蕊的手。她们两个是最后到达山顶的，当然还有一些半途放弃了。

脸色严肃的军官一直站在山上冷眼旁观，等他们全都上来后，他在前面巡视了一圈，开口道：“以你们这样的速度，你们觉得在面对敌人的时候，你们能活着吗？”

大家都气喘吁吁地互相对视着，只有最先登顶的那几个人喊了句：“能！”

但是军官冷笑了一声：“血魄追踪一个人的速度是 1 分钟，进入血液的速度是 0.1 秒。你们之中最快登顶的速度是 14 分 53 秒。你们如果面对它们，那现在至少死了 14 次。”

“报告教官，你这么算并不正确！”7 号反驳道。

军官斜睨了她一眼：“那你觉得怎么算正确？”

“血魄只有附在人或动植物身上才能活动，所以以人体来算，它的速度和我们是一样的。”7 号解释着。

“如果你愿意这么算，你也知道它是附在人或动植物身上，那么除了人，你身边的每一棵树木每一株草丛、每一只蚊子，都可以置你于死地。”军官说道。

“那样，我们训练速度又有什么用呢？”新兵中有人突然沮丧地说道。

军官走到他面前：“如果在你面前有一个比你强大一百倍的对手，你是愿意拼命一搏，还是被直接秒杀呢？我们为什么要招募新兵？我们为什么要建立亚里亚联合基地？我们为什么要研究一个目前为止拿它毫无办法的病毒？”

“积累经验，总结教训，不断进步，拓展无限可能。”秦蕊想起了《亚里亚神鉴》里伊雪面对强大到无以复加的怪物时，不断地穿越时间重新改写，不断地失败，最后她终于在死了 53 次时成功找到方法杀死了怪物。

“33 号说得很正确，这也是亚里亚的精神。”教官说道。

秦蕊刚稍微有些高兴，但是教官立即转向她说道：“不过以你刚才的行为，你只会是在行动中第一个阵亡的人。”

14 号有点愧疚地看着秦蕊，但是秦蕊不明白她哪里做错了。

“这里不是联谊会也不是你们交朋友的地方！你们来到这里是为了什么？你们的亲人是怎样死的，就将会有更多人像他们那样死去！在我们的敌人面前，一分一秒绝对不可以浪费！”教官说道，“保住自己的命，杀掉更多的血魄！这才是你们要时刻牢记的，你们记住了吗！”

“记住了！”大家异口同声地说道。

但是秦蕊并没有回答。

教官又看向她：“你有异议？”

“我并不认为在战争中帮助战友是错误的。”秦蕊鼓起勇气盯着教官那双锐利的眼睛：“明明可以拯救的一条生命却放任不管，这样的事情我做不到。”

“那么你明明可以杀死更多敌人，拯救千万条生命，你就可以放任不顾吗？”教官恶狠狠地瞪着她，“我真的很想知道在你实战时你会怎么选择，虽然我并不认为你可以成为血盟军。现在，全体出列，我会根据你们刚才的速度给你们增加训练量。撑不住的可以自动选择退出，反正 7 天后的最终挑战你们也只能被淘汰。”说完之后，他特意看向了秦蕊和 14 号，“现在进行下山和登顶训练，10 分钟内登顶的休息 5 分钟，9 分钟内休息 10 分钟，以此类推，越快登顶的越能休息得多。”

在教官的口哨吹响后，他们又开始匆匆忙忙地从绳索上滑到山下，然后再次攀登，重复练习着。一直到了傍晚，他们甚至没有午餐可吃，一整天都在练习攀岩，中途又有几个人坚持不住，被带走了。第一天从开始到现在，人数缩减了一半。

秦蕊仍在坚持着，很大的原因是14号也一直在坚持，即使手掌心都被擦破了皮。一直到晚上7点，教官吹响口哨，他们才停止了训练。

秦蕊和14号的速度一直都赶不上10分钟，所以她们连一次休息也没有，不停地攀岩最后几乎成了机械的反应，身体早就失去了知觉。

从食堂吃完晚饭回到住处，她几乎倒头就昏睡了过去。

【乔晋篇】

从莫俪手机上看到的短信，是乔晋得到的关于秦蕊最后的消息。

他不知道秦蕊发生了什么事，但是他必须找到她。

他们不能这样就告别，在树林里他打了她一巴掌，说了那么多可笑的话。秦蕊一定还在生自己的气，所以才不接他的电话，也不来医院看望他。不过只要秦蕊看到那枚硬币，和他一起去亚里亚灵境，秦蕊一定会原谅他的。

“小蕊，你到底去了哪里？”乔晋虽然身上的伤还没全好，但他还是开着车在街上漫无目的地寻找着。在街角的商店橱窗他看到了一个和秦蕊很相似的背影，乔晋急忙下了车，追进商店。但是当他找到那个人时，却发觉那并不是秦蕊，只是一个陌生人。

乔晋感到很失望，他找了个地方坐了下来，从口袋里摸出那枚硬币。只要翻三次就能进入亚里亚灵境，也许他可以去那里找猫先生，也许猫先生可以告诉自己秦蕊去了哪里。

再次进入亚里亚，乔晋仍然没有完全适应这件事，当他抬起头看向商店外，本来熙熙攘攘的车流已经变得空无一人。商店里也安静得有点令人心慌。他站起来，推开商店的旋转门，朝外面走去，果然又到了同样的道路上。

在那些耸入云霄的石柱群里，那只黑猫穿着燕尾服背靠着石柱，舔着他锋利的爪子，尾巴不时摇动着，像早就在等着他的到来。这一次，乔晋带了一整袋的汉堡包，本来打算在车上当午餐，但最终也没有胃口吃进去。

猫先生对于食物似乎很满意，一面拿着汉堡大口吞咽着，一面幽幽地看着乔晋。

“猫先生，我们又见面了。”乔晋开口道，语气里有些不确定。即使他能够接受亚里亚的真实存在，但是猫先生真的如书里所说的那样无所不知吗？不过目前为止，他也是无计可施了。

猫先生这一次没有揣测他的心思，只是挥了挥手，示意他跟上。

乔晋有点好奇地跟随着猫先生，传过石柱迷阵，他们来到了一个圆形的水池边，水池是用无数的大理石砌成的，上面写满了符文，水池中的水泛着蓝光。猫先生吞下最后一口汉堡包，舔着爪子，开口道：“你想要的答案就在这里面。”

乔晋朝水池里望去，水面波光粼粼却只能看见自己的倒影。但是猫先生既然这么说，肯定不会如此简单。于是他只能又耐心地继续盯着池水。蓝幽幽的水似乎越看离水底越远，渐渐地仿佛已经深不见底，整个世界只剩下蓝幽幽的水，乔晋觉得整个人都被水包裹着，慢慢地漂浮在海底深渊中，慢慢地离水面越来越远。

在那些磷光中，一些影像逐渐成形，他看到了一个类似军事基地的地方，看到了很多的风车，很多高塔，还有穿着黑色制服的人，接着他进入了一个场馆中，看起来像是一个射击馆，因为他看到了远处的靶子。在这个场馆里只有一个穿着黑制服戴着面具的人，他 / 她的身影看起来很眼熟。她似乎蹲在地上哭泣着，接着她拿下了面具，露出了那张熟悉的脸……

“小蕊？”乔晋怔了一下，他想要跑过去，但周围的影子突然像水面里落入了一颗石子，一切都荡漾开了，变得支离破碎。

“小蕊！小蕊！”乔晋仍然朝着水面大喊着，但是猫先生抓住了他的胳膊，“算了吧，她可不在那里面。”

“她在哪里？你告诉我，她究竟在什么地方？”乔晋抓住猫先生的领子，已经完全顾不上猫先生会吃人的那一套。

几乎是下一秒，猫先生已经摆脱了乔晋的手，龇着牙，或许是刚才的汉堡包起了作用，猫先生虽然奓了毛，但打了个饱嗝后，怒气便全消了，再次变得慵懒地说道：“我能告诉你都在刚才的画面里，至于接下来的，只能靠你自己了。”

说完之后，头也不回，快速消失在石柱间。

“猫先生！”乔晋喊道，但是显然来不及了，他有点后悔刚才那么莽撞。

“给你一句忠告，不要去找她，你会陷入麻烦……”猫先生的声音不知从哪里传了过来，再之后一切都变得十分安静。

03 信念的动摇

乔晋在池水边待了好一会儿，他一直回想刚才看到的那一幕幕，同时心里也产生很多疑惑，秦蕊究竟去了哪里？为什么会穿着那样的制服？而且更让他担心的是秦蕊好像在哭。猫先生让他不要去找小蕊，可是看到这样的场景后，他还怎么可能放任不管？

“不行，我得赶紧找到小蕊。”乔晋不安地皱起眉头，他环顾四周，猫先生看来是不会再出现了。他只好拿起那枚硬币反面朝上再次翻转三次。

这一次回来不像上次那么轻松，他的耳朵里像是充斥着某种超声波，嗡嗡作响过后，才逐渐能够听到周围的响动，回到现实后，脑袋也隐隐作痛。乔晋揉了揉太阳穴，回顾四周，没有人在看他。至今为止他都不知道在他去了那个世界后，现实世界的自己是怎样的一种状态。如果按照当初便利店店员的说法，他们显然并没有发觉哪里异常。

等身体恢复正常后，他才起身朝外面走去。现在最让他忧虑的仍然是秦蕊的处境，他得好好想想他能够认得的像那种军事基地的地方。

乔晋想起了他们镇上机场附近，似乎就有一个军事训练基地，他来到了自己的小车前面，正要拉开车门，突然感到后面有人凑了上来。

“不要乱动，跟我走。”他的背后有个低沉的声音说道。

乔晋稍微回过头，就看到了一个穿着风衣压低帽檐戴着口罩，显得很可疑的人。如果在平时，这样的人根本威胁不了他，但是那个人从风衣下摆里露出一个黑黝黝的枪口正对着他。以这样的状态，乔晋只能听从那个人的吩咐。

“按照我说的做，如果你敢乱来，我的枪可不会长眼睛。”那个人说道，“现在像平时一样进去车里。”那人末了又说道，“如果你敢自己开车跑了，这周围的人可要给你当替死鬼。”

乔晋捏了捏拳头，没有办法只好按照他说的，坐进车内。随后那个人也一起进了车里：“开车。”

乔晋启动了汽车，按照那个人的指示，一路开一路记着那些路，看起来他们是在往码头的方向开去。等终于能够看到码头时，那个人才又说道：“去买票，把车开上渡船。”

“你是说我们要到岛上？”乔晋问道。

“废话这么多做什么？我让你开上去！”那个人不耐烦地摆动着枪口。

乔晋看了一眼枪口，只好咬着嘴唇继续往前开，在闸口买船票时，乔晋想过向那些人求助，但是那个人看起来十分凶狠，他说要让路人当替死鬼的语气没有一丝的犹豫。况且码头人来人往，如果他真的开枪，恐怕会伤及很多无辜的人。

乔晋盘算着要找适当的时机再做行动，迫于无奈他只好又将车开上渡船。

【秦蕊篇】

第二天醒来后，秦蕊拖着疲惫的身体来到了食堂，早饭后他们又接到训练通知。秦蕊已经快对攀岩产生心理阴影了。如果再像昨天那样机械地训练，她真不知道自己还能不能坚持下去。

然而当她跟着导航图到达另一个训练场地时，不由得深深地松了口气。至少现在他们是在室内的，而且像是一个射击场馆。秦蕊只在大学军训里学过射击，虽然得分不高，但也在中等的水准。

冷血教官又再次出现："射击的训练很简单，但不要忘了，你们的每一项训练都关乎你们最终的审核结果。"军官提醒大家道。

"可是我们拿什么训练射击？"人群里有人发出疑问。

确实这个地方不管是枪支还是弓箭都没有，就只有远处的靶子。

"鉴于你们大都不会使用武器，出于安全考虑，先用虚拟枪支进行练习。"军官说完，向大家示范，他张开手，在他们的手套中有一个凸起的红色按钮。

秦蕊一直以为那只是装饰，但是当大家按下那个红色按钮时，手中就出现了一个菜单栏，可以挑选任意武器甚至弓箭。

秦蕊选了一把看起来很高科技的女士手枪，出现在手里时，外表虽然是虚拟的立体蓝光，意外的是手感很像真的。

射击训练虽然简单，但长时间地摆同一姿势练习射击也仍然是非常累的事情。一整天下来，手臂和肩膀都觉得要废掉了。

第三天他们又进行了负重训练，第四天是长跑，第五天是潜水……随着训练的推进，秦蕊越来越感到吃力，而越来越冷的天气也使人更加难以忍受。秦蕊并不是体弱多病的女孩子，但仍然有好几次差点晕过去。

唯一令她欣慰的是，和 14 号之间形成越来越深厚的默契和友谊，彼此互相鼓励对方，为对方加油打气。虽然戴着面具，但即使是通过背影，她也能认出 14 号。

这几天的训练实在太累了，吃饭的时候，秦蕊连抬起手都在发抖。可是一天后就要进行第二轮的筛选，在那之后还会有什么，秦蕊根本不敢去想。她甚至开始拷问起自己，到底为什么要参加这些训练？

在遇到亚里亚基地之前，她只是一个普通的大学生。她来到这里也仅仅因为一种奇怪的直觉，想要寻找一个真相，可是有时候也会感到迷惘。她和 14 号不同，14 号对血魄有着血海深仇，也许这里大部分人都是如此。可是她对血魄只有一知半解，那时候的血红天空事件，也只是一种猜测。她猜想水里出现的那些水影应该就是寄生了血魄。她认为只要成为新兵，就能够找到当时直升机上面的红发女人，也就能解开所有疑惑。

可是在这里的几天，她除了训练，根本没有能够接触到别的人，也没有时间去寻找。除了 14 号，这里每个人都是三缄其口，问也问不到什么有用的信息。

第二轮的筛选每一项都会计入得分。被收编的名额只有五十名，所以如果最终的得分排名无法进入前五十，就会被淘汰。可是按目前的训练来看，她仍然很危险，且不说能不能发挥正常，就算运气特别好，也只能排到六十名左右。

14 号虽然个子小，一开始体能也有点跟不上，意外的是她是个天生的神枪手，射中的准确率让她自己都觉得意外。

14 号虽然有把自己的射击秘诀传给秦蕊，但是显然秘诀不是人人都适用。

“就把那个靶子当成你这辈子最恨的人，你不打死他，他就会打死你。”14 号咬牙切齿地和秦蕊说道。也许 14 号又想起了那时候父亲和哥哥的死，她的眼神变得非常可怕。

秦蕊无法感同身受那种仇恨，但是每次看到 14 号露出那样的眼神，都会让她感到担心。仇恨能够激励一个人但也能摧毁一个人。她不想 14 号有什么危险。

14 号各项成绩都和秦蕊差不多，但因为有射击的优势，很大程度拉升了整体排名。

为了赶上排名，秦蕊不得不加紧训练。

晚饭后大家都相继回到宿舍。但是秦蕊却留在训练场里，她一次又一次地练习射击，但一次又一次地脱靶，就好像远处的靶子故意躲开似的。

“为什么？为什么我就是射不中！”秦蕊终于忍不住爆发了，压抑许久的焦躁让人堵得心慌，越想做好就越做不好。

她坐在空荡荡的场地中，因为多日的疲惫，因为压力重重，也因为想念乔晋……她将头埋在手臂里，眼泪不争气地掉了下来。她索性拿下了面具，正要把它丢掉。

“拿下面具会被直接判定淘汰，如果你还不想离开，最好赶紧戴上。”远处的角落传来一个模糊的声音。

秦蕊吃了一惊，但已经又将面具戴好。“我只是以为这里没人才会拿下来。”她紧张地解释着。

但对方并没有说什么。

“你也是新兵吗？”秦蕊望向阴影里的那个人，再次开口问。

但是那个人仍然没有回答。

秦蕊耸了耸肩，苦笑了一下：“算了，反正我很可能也不会再有机会见到你。像我这样不管怎么努力也没什么用，明天应该会被淘汰了吧。”

“你如果真的这么想，就不会现在还在这里训练了。”那个人终于开口说了一句。

“我……”秦蕊觉得自己的心事像被人看透一般，无处躲藏。她确实不想离开：“虽然这几天很辛苦，每天都累得精疲力竭，但是我总觉得有一种使命感。不知道为什么就是有一种想要追寻下去的想法。”

“每个来这里的人都有他们的信念和原因，但是这是我第一次听到有人说因为使命感想要追寻下去……”黑暗中，那个人似乎在微笑。“你想听个故事吗？”他问道。

秦蕊疑惑地看向阴影中的那个人，在那个寂静的夜晚，伴随着外面的风声以及他低沉的嗓音，十年前的一幕幕恍如电影一般重现着。

04 被鼓舞的心

十年前，亚里亚基地刚落成不久，几位神秘的股东招募了第一批血盟军，那时候不同于现在，招收的都是来自各个领域的精英人才。他们之中不少出身军人，或上过战场。所以即使没有经过训练，也能迅速适应任务。那时候血魄出现的地方很少，所以控制局面也容易得多。

然而这些新兵中却有一人例外，这个人身材消瘦，还有点体弱多病。他是第一次血魄攻击人类的受害者之一。在那场灾难中，他的一家五口和一条宠物狗，仅有他一个人活了下来。没有人知道第一次遇到血魄的他到底经历了什么，因为很长时间里他都被关在精神病院里，没有人相信他说的话，每个人甚至警方都认为他才是杀害他们的凶手，因为除此之外根本想不到另外的可能。一直到第二次血魄攻击发生，一些神秘部门开始关注这些有共同特征但又不合常理的事件。

很多年后，亚里亚基地建成了，而他们从精神病院里救出这位受害人。但是不知道是因为身心受到太大伤害还是别的原因，在他的描述里，他只愿意提供血魄的特征和一些他观察到的奇怪之处。

在新兵里，他可以说是毫无用处的人，除了最开始能够提供的资料，以他的体质根本不适合成为血盟军。

但是他却抱着决心，一心想要做好，这位受害者每日为自己设置训练项目，日复一日坚持不懈地锻炼。而且每次有新事件发生，他都会主动申请前往。

因为他的强大信念，使原本看不起或同情他的人也逐渐改变了对他的态度。而神秘的股东也被说服同意他和其他人一样同行赶赴最新事件的现场做调查。

虽然很多现场都危机四伏，而且有些发生在深山老林，道路不是一般人能通过的。但是他都没有说过一句累，每次都尽全力跟上其他人。而和其他人不同的是，他每次都观察入微，总能从现场带回有用的信息。

往后的岁月里，这个家伙变成了前锋部队最重要的军官。在多次和血魄接触的险象环生里，他设定了一整套新兵训练准则，并不断地加以改进。

随着一批又一批的新兵加入，这套由他创立的训练项目也被视为新兵准则。

“包括我们现在所接受的这些训练，都是沿用这一套准则。为了表扬他做出的贡献，他被封为永远的编号 0。”那个人说道，“所以，你的努力并不是没有作用。”

秦蕊没有想过他们所接受的训练竟然还有这么一个起源，对于故事中这位编号 0 的前辈所拥有的那种强韧的精神更是敬佩不已。自己只是接受了几天的训练就开始颓丧到这种程度，所谓的不断失败不断尝试的亚里亚精神，她也早就忘到九霄云外。

受到编号 0 故事的感染，秦蕊似乎也恢复了元气：“谢谢你告诉我这个故事，我不会再胡思乱想了，无论如何都要全力以赴。”

“你能想通这一层，我也算没白讲了。”那个人悠闲地说道，“天色不早了，与其在这里临时抱佛脚，不如养好精神，明天才能顺利比赛。”

“嗯！”秦蕊点了点头，但随即想起来喊道，“等一下，我还不知道你叫什么呢？”

但是那个人的身影已经隐没在黑暗的夜色里。

“你就叫我编号9吧。”声音由远处传来，在空旷的场馆里回荡着。

9号？果然他也是新兵吧。秦蕊想着，回去之后，她一直在脑袋里回想这几天的训练，但是她对9号一点印象也没有。在训练时大家也都是根据身高而不是号码来排队，每个人都穿得一样，戴的面具也一样，除了邻近的几个经常能够看到的号码，确实很难记得其他人。

【乔晋篇】

东林市，是一个四线的沿海城市，而乔晋他们正要前往的正是附近的南武岛，距离港口仅有十多海里，南武岛主要用于商业往来，岛上人员流动较大。因为历史原因，在归属问题上划分不是很明确，因此也更为难以管理。而头脑灵活的不法分子更是抓住这一点在岛上建设地下赌场和一些灰色产业链。

乔晋只去过一次岛上，那时候是他人生第一次失恋，在三五好友的怂恿下，一起到了岛上，在一个叫“荷里活”的酒吧里，玩了一把宿醉。不过他对这个岛的印象并不那么好，总觉得是个鱼龙混杂的不善之地。

被风衣男要挟到岛上后，他们把车子停在了一处巷子口，风衣男用枪口顶着他的后背，让他走进一条昏暗的巷子里。

他们在一个看起来像某个店铺的后门处停了下来，风衣男敲了敲紧闭着的铁门。铁门上挂着的门牌号突然消失了，随即在同样的位置出现一双眼睛，朝他们打量着。

乔晋被吓了一跳，风衣男却显得很熟练地说道：“地球之母与你同在。”

铁门后的人也回了一句：“盖亚与你同在。”

咔嗒，铁门打开了。一个穿着皮夹克，身材健壮的大汉朝他们撇了撇脑袋，让他们进去。

那里面看起来像一个摆放杂货的仓库。在前面带路的大汉在一排装着酱料的货柜前转动了一瓶蓝莓酱。货架缓缓移开，后面又是一扇门。

打开铁门，他们继续往里面走，从里面传出了鲍勃·迪伦的音乐。乔晋看到里面是一家中世纪欧美风格的复古酒吧，酒桌前坐着好几个看起来不太和善的家伙，每个人都在盯着他们。

乔晋一眼就注意到酒吧前台那个美艳的女人。

“一只眼，我记得我好像说过，这里不准带陌生人来。”穿着黑旗袍，身材火辣、盘着红发的女人说道。

“他可不是普通的陌生人。”风衣男拉下口罩，乔晋没有想到那竟然是个老头子，一只眼睛看着他，另一只眼睛却一动不动，那是只玻璃假眼。

“他的身上有那个东西。”

“那个？一只眼，你说的不会是你身上没有的那个吧？”酒吧里有人哈哈大笑起来。

一只眼却一点也不生气，他随意地从桌上拿起一瓶酒，喝了一大口：“我亲眼见到的，他翻了三次那个硬币，然后就倒下了。”

一只眼的话音一落，酒吧里顿时安静得一片死寂。

乔晋觉得情况有点不妙，他四处观察着，盘算着如何逃走。

“你是说，他有钥匙？”那个女人的眼神也变得火辣辣的。

“只要你在他身上搜搜，你肯定能看到。”风衣男嘿嘿地笑着。

美艳女人示意几个大汉过来搜身，乔晋急忙后退，但身后又被人堵住了退路。几个大汉一起上前将他死死地扣住，乔晋拼命挣扎，大喊大叫着：“你们到底是什么人？你们要对我做什么？”

“我劝你乖乖把钥匙交出来，免得遭罪。”风衣男露出邪恶的微笑。

“钥匙？什么钥匙？”乔晋吃了一惊，莫非通往亚里亚的秘密还有别的人知道？

“别装糊涂，我看到你拿着它，那枚硬币。”风衣男说道。

“我，我不知道你们说的是什么。”乔晋因为紧张而吞了一口口水，那是他打算送给秦蕊的，如果被抢走了，秦蕊也许再也不会原谅他。无论如何他都不能交出来。

“给我搜！”女人下命令道。

乔晋凭着打篮球练就的技巧，趁其不备，转身撞开了人群，从大汉的束缚中挣脱了。他抄起旁边的椅子，但是还没有开打，突然感到身后有个巨大的身影笼罩着他，后脑轰的一下，眼前一黑，彻底昏死了过去。

这一次的经历，简直要比宿醉那次醒来的感觉更加糟糕，他的脑袋就好像有块铁块嵌在里面，又沉又凉。他摸着后脑，但只能摸到厚厚的绷带。

他勉强坐了起来，但是胃口一阵翻涌，差点吐了出来，脑袋晕得不像话。

“你最好躺着。”一个女人的声音响起。

乔晋顺着声音，望向门口，在光亮处隐约还能看出一副凹凸有致的身体。酒吧里的那个美艳女人背靠着门框，交叉着双臂。

“为什么……”乔晋脑海里有众多疑惑，已经分不清哪个先哪个后，“不，应该问你们到底是什么人？”

“呵。”女人冷笑了一声，“你还是先顾好自己的小命吧。医生说了，你不仅有轻微脑震荡，还刚做过手术，一些伤口因为动武又开裂了，最好卧床休息。”

“那枚硬币……”乔晋捂着脑袋，“那是我的，你们没有权利拿走。”

美艳女人挑了下眉头，“你还真是个怪人。”说完后，又笑了一下，“不过我一向喜欢怪人，你还是好好休息吧。”

乔晋再次抬起头时，那个女人已经消失在门口。他环顾四周，这是一间单调的卧室，和医院很像。他想要下床，但是根本连坐着都有些重心不稳，最后只能又躺了下去。这一睡又不知过了多久，只觉得浑浑噩噩，一直在出冷汗。

在意识迷糊的时候，他恍惚看到有个全身都是绷带的人在房间里跳着舞。那些绷带就像一群白蛇在空中舞动着身姿，然后有一些爬上了他的大腿，沿着大腿又缠绕在手臂上。乔晋能够感觉到那些蠕动的绷带钻进了衣服里，在他的胸口和脑袋上互相撕咬。他很想用力地扫开，但是怎么也无法动弹。

那个舞动着的绷带人走到他的眼前，一双漆黑的眼珠子从绷带里往外望着，然后整个被绷带缠住的嘴巴处突然裂开一条缝隙，像在微笑。

05 各自的考验

【秦蕊篇】

明天就要进行最后的考核，但是秦蕊根本无法入睡。她幻想着比赛的内容，幻想着自己通过比赛，又幻想自己没有通过，不久后她想起了乔晋。来到亚里亚基地之后，她一直努力想让自己不去想乔晋，可实际上她总是经常想到他，秦蕊拍了拍自己的额头，对着天花板自言自语着："不要再胡思乱想了，他在外面的世界会生活得很好的，他也不再需要我了。"可是说完之后，她有点伤感起来。

不知道他现在怎样了，不知道他会不会也时常想起她……

翌日，秦蕊被房间里传出的一首《命运交响曲》吵醒，醒来的第一个念头是惊讶于自己竟然还是睡着了，而且还整夜无梦。

她不自觉打了个哈欠，揉了揉鼻子，发现床头桌上摆放着热腾腾的早餐，早餐盘里摆放着整齐的刀叉，一份三明治，一个鸡蛋，还有一杯还在冒着热气的牛奶。

从浴室里洗漱完毕，秦蕊神情肃穆地开始吃她的那份早餐。这一切对她很重要，因为如果她没有通过，那么这份早餐可能就是她在这里最后的一餐。她并不希望落选，对于像她这样的人，这里才是最适合她的地方，一想到要回到原来的生活，她就觉得心情沉重。

吃完饭后，她一直在等待着通知，直到她在房间里有些待不住，那首熟悉的钢琴曲终于再次响起来。

通知也如约而至："第二轮考核即将进行，请新兵在 10 分钟内前往西区塔集合。现在进行倒计时 9：59。"

看到倒计时字样，秦蕊急忙振作精神，检查好制服和面具，确定完毕后，走到了东南角的传送舱内，伊雪 33 号再次出现，将她安全地传送到西区塔。

她走出传送舱时，仿佛听到伊雪 33 号说了句祝你好运，但是回过头，舱门已经关上了。

走下传送舱，秦蕊一眼就看到了他们的军官。

穿着黑制服的教官看起来神采奕奕，不断地用那双锐利的眼睛扫视着人群。人员陆续到场后，又有两位穿着军官服的军官走到了前头。

秦蕊一直在找 14 号的身影，过了一阵子才注意到那两位军官，这两个人看起来很年轻，一个是很干练的女军官，扎着利落的马尾。和她一起出现的另一位男军官，长相有点像中泰混血，身高至少有一米八，一身笔挺的军官服使他有一种超越年龄的沉稳气质，脸色严肃，但眼神里却有点阴郁。

秦蕊看向他的时候，他似乎也朝她看了一眼，但很快又将眼神移开了。

负责训练他们的军官按下手中的倒计时表，喊道："现在开始登记！都给我到这里来集合。"

大家就像平时训练一样，自觉地排好队。三位教官为他们分发了手枪。拿到枪的不少人都开始嘀咕起来，有些人明显有点害怕，毕竟以前都只是用虚拟的。

“你们不用太过担心。手枪里的子弹对人并没有伤害，只对考核场地里出现的生物有作用。”女教官说道。

在军官的前方立着一个空落落的门框，每个人经过门框时，就会响起打印机打印纸张的声音，随即教官的手中便多了一张表格。秦蕊发觉每当机器响起，站在旁边的那位帅气的军官都会眉头一皱，神色警惕。

在他们面前的大楼横幅处出现了倒计时 3 分钟的字样。眼看着队伍越来越往前，倒计时的数字也越来越少。她有些不安起来，幸好在队伍只剩下五六人的时候，14 号终于从远处跑来。

秦蕊跑过去迎接她，在最后的两分钟内，她们才终于登记了编号。

训练他们的军官向所有人解释了比赛的规则，进入考核场地后，他们需要寻找五把画有亚里亚三个字的钥匙。得到这些钥匙的过程，将会面临重重危险，这会考核他们的整体身体素质。

只有前五十名拿到钥匙到达目的地的新兵才能被选上，其余的人都会被淘汰出局。

虽然军官解释了规则，但并没有告诉他们具体会遭遇什么，只让他们运用平时的训练随机应变。

“如果你们坚持不下去，想要退出，只需要拿下面具就可以。”军官说道。

秦蕊摸了摸自己的面具，又想起了昨天晚上差点就犯了大错。幸好遇到的是心地善良的 9 号。她想起了 9 号，又开始在人群里张望。

倒计时的结束铃声响了起来，地面突然震动起来，14 号紧张地抓住秦蕊的手臂，这时候在他们面前的地面上突然升上来一道宽约 5 米的半圆形隧道口。

“这是进入考核场地的入口，现在我只能祝你们好运了。”军官说道。

新兵们陆续通过了隧道口，随即消失在黑暗中。

“我们会成功的吧？”14 号看向秦蕊，透过面具，秦蕊感觉到 14 号眼神闪烁不定，似乎很不安。

14 号一向早到，没想到今天这么重要的日子却差点误事，不过秦蕊没有询问她为什么迟到，她不想增添 14 号的压力，只能报以微笑用力地拍了一下 14 号的肩膀：“我们一定会成功的！”

14 号抿着嘴点了点头。她们一起走进了隧道，通过传送口时，一瞬间周围所有光线都消失了，秦蕊感觉浑身有点像轻微的触电，她紧张地闭上眼睛。

【乔晋篇】

半梦半醒的状态不知道持续了多久，有个微弱的声音在耳边一直回荡着：“醒来，醒来……”

当他真正清醒过来时，窗外已经是黄昏了。乔晋将手臂搁在前额上，明明是冬天，可是他浑身却被汗水浸透了。

他有些不确定地从床上下来，望了望自己的双手，又摸了摸自己的胸口，一切都完好如初，甚至没有一丝伤痕。上一次像这样子毫发无伤时，是在他进入亚里亚灵境的时候。

可是这会儿，他觉得这里并不是亚里亚灵境，因为虽然两者很接近，但是如果是在亚里亚灵境，他会有一种飘忽的感觉，身体也更轻。

这一切到底是怎么回事？难道他躺在这里已经待了几个月或者更久？

乔晋惊慌地想要寻找可以证明时间的物品，他在房间里四处走动，在一面镜子前，差点把自己给吓到了。在余光扫过镜子的一瞬间，他好像看见了梦里缠满绷带的那个怪人。但是当他站定在镜子前时，看到的仍然是自己的样貌，只是脸色稍显疲惫，脸上也仅仅只是长出一点胡楂儿。

他摸着胡楂儿，像这种程度，只可能是一两天没刮胡子的效果。可是这也让他更加疑惑不解。无论如何，他还是先得从这里逃出去。

镜子里的自己又重新恢复坚定的眼神，他往房间里看去，房间只有一个窗户，可上面嵌着粗壮的钢条，根本不可能掰得动。

他只好操起房间里仅有的一把椅子走到门边，但随后又放下椅子。因为如果这样子冲出去，他拿一把椅子当武器也根本寡不敌众，还是选择偷偷地溜走更好一些。

他将耳朵贴在门上，听着外面的动静，直到完全没有任何声响后，他才小心翼翼地转动门把手，将头探了出去。

走廊里没有人，但是两边都有拐弯处，随时可能有人路过。更糟糕的是，乔晋不记得他是怎么来到这间房间的，这样他也就不知道该从哪边走才能找到出口。

犹豫两三秒后，他选择相信自己的直觉，将脚迈向了左边，这时突然有个声音低语：“右边。”

乔晋急忙回到房间，但是当他再次探出头时，外面仍然没有人。他往房间里查看，也并没有任何人。可是刚才明明听见一个很近的声音，近得就像在自己的身后。

乔晋摇了摇头，兴许是自己睡太久，产生幻听了。他再次往门外走去，但这一次他选择了右边。乔晋贴着墙壁来到了右边的通道口，通道口的一边是电梯，另一边则是往下的楼梯。乔晋本想选择电梯，但是他一转身，突然感觉身体像被人推了一把，将他推向了楼梯。他紧张地看向身后，但是半个人影也没有。

乔晋挠了挠头，带着一丝迷惑往楼梯走去。从楼梯下来，他看到了一个大厅，这个大厅看起来像是某个废弃的歌剧院。墙壁上雕刻的壁画很多都褪色了，而且铺着琉璃砖的地面也不是很干净。

真是奇怪，他完全想不出岛上怎么会有这样一个地方。他走在空荡荡的大厅里，地面倒映着他被砖瓦切割得七扭八歪的身影，只要稍微仔细点观察，就会发现在他的身影后面，还有一抹白色的倒影。

不过这个时候的乔晋并没有心思去看地面，在这样毫无遮挡的大厅，他必须时刻警惕四周，还有来自楼梯上方的走廊。

如果有人往下望，就会立即发现他。

虽然离大门仅有短短的二十米，但是乔晋每一步都走得心惊胆战，最后他总算能够伸手够到那扇稍显厚重的大门。

在推开门的一瞬间，他感觉有人在他身后呼出了一口气。

“对恩人连一句感谢都没有，就想要走了吗？”熟悉的女性声音在大厅里回响着，“这可令人太失望了。”

乔晋捏了捏拳头，望着只推开一条缝隙的大门，心中仍然抱着一丝希望。

“你以为这个地方是你想来就来，想走就走的吗？门外的守卫可不是你能对付的。”

乔晋叹了一口气，转过身来。

第四章

这一次，他明显地感觉到那种从现实过渡到亚星亚灵境的瞬间切换，就好像体内的灵魂被一下子抽走了，周围的场景虽然没有变化，身体却变得不像自己的。

01 难缠的对手

酒吧里那个美艳女子穿着一身贴身黑色连衣裙，胸口处和下摆还有透明的蕾丝花边，显得更加性感。

她的长相不是乔晋喜欢的类型，有点狐媚，但是可以想象像这样的女人很多人会拜倒在她的石榴裙下。

“我失败了，现在说吧，你们到底想怎么对付我？”乔晋耸了耸肩。

“小帅哥，我什么时候说过要对付你了？”女人娇媚地笑了笑，就好像乔晋的这句话很荒唐似的，“你应该知道，你身上的伤能够这么快愈合，可免不了我的悉心照顾。”

乔晋实在搞不懂对方到底在打什么主意：“你们想要的硬币也已经得到了……”

美艳女人走到他身边，将白皙的手放在他的肩膀上，在他耳边说道：“我承认我们最开始的方式太过粗鲁了，我必须向你道歉。我希望我们还能有更深层的合作。”

“合作？”乔晋警惕地看向她。

“乔晋。这是你的名字对吗？”女人一副了然于胸的自信神色，

“先自我介绍一下，我叫罗奚娜。我们就打开天窗说亮话，那枚硬币代表着什么，你总该清楚吧。”

“我……”乔晋并不信任眼前的这个女人，但是他现在也把握不准该怎么对待她突变的善意。

看到乔晋捉摸不定的眼神，罗奚娜爽朗地笑起来：“行啦，我的人已经见过你进入亚里亚的情景，你没必要对我隐瞒。”

乔晋看向她，果然，他们也知道了亚里亚灵境。但是他们具体知道多少呢？既然有这个难得的机会，倒不如试探一下，没准还能解开自己的很多疑惑。

乔晋想好后，便开口道：“既然你们也已经知道了，我也没必要否认。没错，我确实进入过亚里亚灵境。不过你们想要我合作的话，你们至少应该告诉我，你们到底是什么人？”

“哼。”罗奚娜冷笑了一下，她的红发在亮光下像着了火一样耀眼，眼神好像能够把人看到灵魂里，“作为钥匙的拥有者，你竟然不知道我们是什么人？”

“我得和你说实话，我拥有这枚硬币只是一种偶然。”乔晋耸了耸肩。

“哦？那倒是一件稀奇的事。”罗奚娜狐疑地看着他，脑子里不知道在思考些什么。迟疑了一会儿，她说道：“罢了，既然要合作，我自然会告诉你你想知道的事情。关于我们是谁这个问题，我觉得用说的，倒不如让你自己亲眼看一看。”

罗奚娜话音一落，便往他的身后一抓。

【秦蕊篇】

等身上触电的感觉消失后，秦蕊听到周围的鸟鸣声，鼻息之间仿佛闻到了青草的味道。她睁开眼睛，发现自己身处一片热带雨林中，周围都是茂密的树丛，脚下是一条蜿蜒的小路，远处有缭绕的雾气。14 号不知道被传送到哪里去了，其他人也不见了踪影。

她往脑袋上摸去，面具还在，那么这里应该就是考核场地了。正在她张望四周有些茫然无措时，眼前突然出现了一个虚拟的图像。

秦蕊本以为是伊雪 33 号，但是她一开口声音却不太一样："您好，我是此次比赛导航伊雪，从这一刻开始，您已进入考核场地，按下面具右侧开关随时抽取地图查看当前位置，按下左侧开关，查看五把钥匙的所在地。如需退出比赛，摘下面具即可。祝您在此次考核中取得优异的成绩。"

伊雪说完后，便又消失得无影无踪了。秦蕊查看了整个热带雨林的地图，发现自己正处在东部低洼区的位置。

秦蕊并没有立即开始寻找钥匙，而是先安静下来倾听周围的声响，她听到了远处似乎有溪流的声音。

秦蕊认路的能力并不太好，所以她需要一个很有标志性的地点来判断自己的位置。幸好这附近就有一条溪流，所以她很快就能对应上地图。

她仔细研究了地图，找出了五把钥匙的位置。比赛争分夺秒，秦蕊没有任何时间可以耽搁，一旦确定了方位，她立即行动起来。

前四把钥匙对于秦蕊而言，和平时的训练并无多大区别。第一把钥匙藏在悬崖峭壁上，他们必须利用攀岩取下来；第二把在山涧瀑布里，必须潜水才能取到；第三把藏在一块巨石之中，必须想办法将巨石打开；第四把在一个充满机关的山洞里，如果跑得不够快就会被机关困住。

除了在第三关颇费了力气差点让她放弃，其余几个关卡，秦蕊都凭借平时的训练加上一点运气顺利拿到了。

到了第五把，她已经大致摸清规则，猜想会需要利用射击。太阳升到正中位置时，秦蕊已经到达第五把钥匙的所在地。

这时候她发现还有其他几个新兵也在那里。她看到了那个一直对她不太友善的 7 号也在其中，而且看起来已经和其他几个人联盟了。

7 号看到她也很吃惊，但是很快脸上就露出不善的笑意："看来真是冤家路窄，没想到你也这么快就到了第五关，不过遇到我算你倒霉了。"

"你想干什么？"秦蕊皱起眉头，从身材判断，这里面至少有两个应该是男的。

"喂，你们两个，把她绑起来。"7 号朝身边的 86 号和 23 号抛了个眼色。

秦蕊后退着："等等，我并没有得罪过你，你干吗和我作对？"

"你平时不是常给 14 号小不点撑腰吗，现在怎么一副怂样了。"7 号看好戏地说道，"我就看你不顺眼了，你还能怎么着，"

这算什么理由，想到比赛时间，秦蕊实在不想和他们纠缠，她后退着想逃走，可是还是被 86 号和 23 号从两边围住了。

秦蕊寻找间隙想要脱身，但是 23 号一下子扑上来抓住她的手，秦蕊和 23 号纠缠时，人高马大的 86 号从身旁扯下大榕树垂下来的树藤，一圈又一圈地绕在她身上。这时候 23 号也想要去捡一根从树上垂下来的树藤，可是他刚伸手却突然像被什么咬了一口，号了一声，急忙后退着。

其他人都看向他，他一脸惊吓地捂着手臂说道：“有蛇！”

其他几个人纷纷抽出手枪，7 号身旁站着的 62 号四处张望：“哪里有蛇？你看错了吧？”

“不，刚才我明明看到……”23 号皱起眉头，刚才的那片地方只有几根随风摇曳的树藤。

站在树边的 86 号转身来笑话 23 号：“你看花眼了吧，别自己吓自己了，哪有什么蛇？”

就在这时，秦蕊看到 86 号身后的那棵大树上两三根树藤正如同蛇一样蠕动着朝他伸去。

“小心！”秦蕊喊道，同时用身体撞向 86 号，在他们两个人倒下去的瞬间，那根树藤猛地向前扑了空。

随后秦蕊就听到头顶上方传来噼里啪啦狂乱的枪声还有 7 号和 62 号的尖叫声。

秦蕊从地上坐起来，看到眼前的场景也吓得不轻。但她很快反应过来，急忙朝 86 号叫道：“快帮我解开！”

86 号抱着脑袋，早已被枪声吓傻了。听到秦蕊的话，才稍微睁开眼睛。但是他一看到头顶上方如同群魔乱舞的树藤，又再次傻了眼。

秦蕊没办法只能挪动到一块岩石边，想着利用岩石锋利的边角将树藤磨断，当然她的手臂也不可避免地被磨破了皮，但是秦蕊只能忍着痛继续磨。

就在她快挣脱时，几根树藤悄无声息地从她的背后爬来，当她察觉时，四周已经爬满了树藤。秦蕊被困住，而其他人又自顾不暇，虽然极力避开，但还是被其中一根绊了脚。就在树藤要缠上她时，几发子弹准确无误地打在她四周的树藤上，将树藤打得粉碎。

秦蕊朝射击的方向看去，看到了紧握手枪的 14 号。

眼睛瞪得滚圆的 14 号举着枪呆在原地，愣了几秒后才朝秦蕊跑来。

和 14 号重逢，让秦蕊稍微松了口气，但是这个时候也没时间叙旧，新的树藤还在不停地朝她们爬来。

“我们快离开这里！”14 号扶起秦蕊，将她身上的树藤拿开。

“可是 7 号他们……”

“既然子弹可以打到树藤，就证明只是考核设置的障碍，他们不会有事的。”14 号说道，“树藤只会拖延我们拿到钥匙的时间。”

秦蕊被刚才的场面吓到了，现在听 14 号这么说，才回过神来。她望向四周，周围的树藤也已经被打得差不多，不远处的 7 号他们应该可以自己脱困。

秦蕊望向 7 号，看来他们也已经从刚才的慌乱中意识到这是比赛，她和 62 号一边射击着树藤，一边朝 23 号喊话：“86 号去哪里了？”在她身边帮忙清理树藤的 23 号摇了摇头。

秦蕊想起了刚才 86 号还在自己身边，但是因为只顾着解开树藤，一时没注意 86 号，也不知道他跑哪里去了。

清理完周围的树藤，秦蕊原本打算和 14 号一起离开，但这时候树林里突然传来一声尖叫。

这一声尖叫把大家都吓了一跳，听起来很像是 86 号。7 号和自己的伙伴对视着，三个人清理出一条路，朝尖叫声的方向跑去。

秦蕊也想跟上去，但是 14 号拉住她，声音有点颤抖地说道：“33 号，我们还是不要跟去了。”

虽然秦蕊知道 14 号很想入选，但是平时遇到这种事，她并不会这么无动于衷。

“我知道这是比赛，但是不去看一下，我真的没办法安心。”秦蕊说道，“要不然你先去拿钥匙，我会尽快赶去和你会合。”

“不。”14 号看起来有点心神不定，“我不想和你分开。”

秦蕊拍了拍她的肩膀，她们两个人一起朝 7 号他们离开的方向追去。

02 神秘的组织

越往树林深处走，周围的树木越茂密，在树林间走了一段路后，秦蕊看到有一条天然的小径。

在影影绰绰的树木间，她们看到了 7 号和 62 号以及 23 号的身影。

等秦蕊和 14 号跑到那条小路上时，秦蕊这才明白他们为什么一直站着不动。

在他们面前的小路上，有一摊鲜红的血，而且往前还有拖行的痕迹。秦蕊发觉在小路边的树丛里，有一个异样的物体。

她走过去捡起来，发觉那是一只鞋子。

“是 86 号的鞋子。”62 号在身后捂着嘴说道。

“这……怎么办，我们要去找他吗？”23 号茫然无措地望着其他人，“会不会有什么危险？”

“别乱说，这里哪有什么危险。”7 号言语里有些慌张，“你还不懂吗？这是给我们设置的考验。”

“可是这么多血……”62 号不太确信地支吾着。

“86 号已经被淘汰了，比赛要紧，我们没有时间耽搁。”7 号说道。

“他不是你们的同伴吗？你们怎么可以就这样放任不管？”秦蕊皱起眉头插话道。

但是7号很快白了她一眼：“关你什么事，你想去就去。”她朝自己的同伴招了招手，但是没人回应她。

62号和23号都显得忧心忡忡，他们都觉得这事不像7号说的那么简单。

“你们两个……”7号皱起眉头，撇了撇嘴，说道，“行了行了，我和你们一起去查看下，这样可以了吧？”7号知道在这种比赛里，单独行动胜算不大，所以从一开始她就很谨慎地选一些人当自己的队友，有他们同行，对自己也更有利。

秦蕊和14号已经沿着路走在了前面，循着拖行的痕迹，他们又找到了被丢在草丛里的86号的牌子。

而在牌子的不远处，有一棵树叶掉光的大榕树，树的下方有个被杂草遮掩着的黑乎乎的树洞口。

23号朝枯树砸了一下，确定没有危险后，他们才慢慢靠近。

这棵干枯的大榕树目测直径得有五个人抱起来那么宽，虽然树叶掉光了，但是看起来并没有完全枯死。

秦蕊发觉树洞口的杂草上也有血迹。她不太确定地朝洞口喊着：“喂，有人吗？”

等了半晌也没有回应，7号更加肯定地说道：“86号肯定被淘汰了，这只是误导我们的假……”

“嘘。”62号突然打断7号的话，“你们听。”

“救，救我……”这时候从树洞里传来虚弱的声音。

【乔晋篇】

罗奚娜随手一抓，突然从乔晋的背后抓出了一个人。

虽然最近几天经历过不少奇怪的事，但是乔晋脑海里闪过的第一个念头仍然是：这一定是戏法，不可能一直有个人藏在身后，而他却毫无察觉。

“这到底是怎么回事？”乔晋目瞪口呆地望着眼前的两个人。

“阿力！阿勤！”罗奚娜喊道。身后的大门被一下子推开，走进来两个精壮的男人。他们一人一只胳膊架起了绷带女孩。女孩还在不停地尖叫着：“这不公平！”

“把她带回去。”罗奚娜毫不留情地说道。

乔晋觉得那个缠满绷带的女孩有点眼熟，好像他梦里见过的……“你们，你们到底对她做了什么？”

“你别误会。她是我的亲妹妹，我绝不可能害她。”罗奚娜轻描淡写地说着，看到乔晋仍然不信任的表情，她叹了口气，“我们真没有做什么，她身上的绷带和钥匙的性质是一样的，只不过她的比较麻烦罢了。”又补充道，“你跟我来吧。”

罗奚娜带着乔晋搭乘电梯来到了地下三层，经过一条阴暗的走廊后，他们来到尽头的一扇机关门前，罗奚娜转动门上看起来像风水罗盘的机关，看到如此精细的机关，乔晋的疑惑更深了。

机关门打开后，乔晋看到房间的场景，不禁吃了一惊，里面要比他想象的更宽敞，而且在大厅中央有一个圆形控制台，在控制台的中心悬浮着一颗“地球”。

乔晋的目光已经被那颗十分逼真的“地球”所吸引，而且房间阴暗，只有控制台上闪烁的按钮，所以他没有发觉在房间里还有几个守在控制台后的工作人员。

“地球之母与你同在。”一位工作人员从黑暗里走出来，将双手放在胸前，朝罗奚娜点了点头。

“盖亚与你同在。”罗奚娜也照着他的样子，点了点头。

乔晋记得当初一只眼挟持他去酒吧时，也曾对过这样的口号，但是那到底是什么意思呢？

“盖亚理论。”罗奚娜好像看透了他的心思，说道，“20 世纪 60 年代，英国学者拉弗洛克提出了著名的地球生命体理论—盖亚理论。盖亚是希腊神话中的大地之女神，拉弗洛克通过把整个地球看成盖亚，以强调地球具有类似于生命的属性。”罗奚娜解释道，“简单来说，盖亚理论认为地球是活着的，地球表面的一些适宜生物居住的环境是由地球上所有生物共同调节以达到平衡的。地球是一个能够实行自我调节的‘超生命体’。”

乔晋微微皱起眉头，以前他和秦蕊很喜欢稀奇古怪的神秘学说，也似乎看过盖亚假说，只不过他也只是当作趣闻而已。

“我想问你，你相信这个理论吗？”罗奚娜突然问道。

罗奚娜这么一问，倒是让乔晋怔住了，如果是在前几天，他肯定毫不犹豫地说不信。可是现在他有些犹疑，反问道：“难道你相信？”

罗奚娜没有回答，只是嘴角挂着一抹神秘的微笑，她按下控制台前的红色按钮，悬浮在半空的地球上出现了好几个红点，分布的范围很广，几乎覆盖了世界各地。罗奚娜用手势放大了地图，随即很多张图片陆陆续续地跳到眼前。

有些照片上根本看不清是什么东西，看起来血迹斑斑，令乔晋觉得很不舒服：“这些又是什么？”

看到的越多，乔晋对于罗奚娜会做何解释更加感到好奇。

“这些是我们的人从世界各地收集来的情报。你可以看到，在照片下都标有日期和地点以及特性。”罗奚娜指着其中一组照片，“告诉我，你看到了什么？”

乔晋仔细看向那组相片，但是上面只是监控摄像拍摄了一个戴着鸭舌帽穿着条纹衬衫和卡其色布裤的人穿过马路，另一张照片则是他在一家咖啡厅门口驻足，以及后面几张也都是相同的一个人在不同的场景里。

乔晋觉得并没有什么稀奇的。可是来回看了一下，他的眼睛突然在照片上的拍摄日期和地点上停住了，他揉了揉眼睛，这是 ps 的？还是哪里出错了？照片上的地点相差很远，甚至显示是在不同的国家，可是日期却是在同一天的下午 3 点左右，短短的几分钟内一个人怎么可能出现在不同的国家？

“你一定会有很多猜测，不过我可以告诉你，这就是一个人，照片没有经过处理，他也没有什么双胞胎兄弟。”罗奚娜的话打断了乔晋的思考。

小时候他和秦蕊都觉得世界上一定还有很多未解之谜，可是不知道从什么时候开始，他就不再这么觉得了，反而会将所有无法理解的事归于，这背后一定有更合理的科学解释。

所以乔晋始终心存疑虑。

“如你所见，我们跟踪这个人很久了，但是他有瞬间移动的能力。我曾经和他见过一面，可惜我们没有谈拢，他趁我们不注意时逃走了，你知道像他这种人，逃走一次，就很难再有机会抓住他。”罗奚娜叹了口气，关掉图片，地球重新恢复了原貌。

联想自己拥有的硬币和刚才的绷带女孩，乔晋脑海里突然有了解释："难道你们就是专门找这些稀奇古怪的人和事？"

"可以这么说，但是也不完全正确。"罗奚娜说道，"我知道在你看来我们和某些电影里的神秘部门一样是专门抓这些怪人的。"

看到乔晋脸色变得凝重，罗奚娜笑了起来："不过我们只想和这些人合作。而且也不是所有神秘古怪的事都去查，我们只会查那些相关的。"

"和什么相关？"

"亚里亚。"

"亚里亚？你是说亚里亚这本书？"乔晋皱起眉头。

"不，是真实的亚里亚灵境。厄禹是钥匙的前拥有人。我们一直希望他能够和我们合作，但是他……"女人神色里有点哀伤。

乔晋从来没有想过这个问题，那就是厄禹会和他一样，是拥有那枚硬币，而因为进入过亚里亚灵境才能写出那样真实生动的故事。

罗奚娜的话就好像醍醐灌顶，让乔晋有点怔住了："这么说，亚里亚真的是存在的……"

"当然，你不是已经进去过，怎么还会产生这样怀疑？"罗奚娜难以置信地看着他。

"我以为……"乔晋话到嘴边又咽回去。刚才只是为了套话才承认他进入过亚里亚灵境，但是对于这一切他始终存在一丝怀疑，到了现在他脑子仍然迷迷糊糊，不知道该信任什么。

罗奚娜打量着他，就好像是第一次看见他一样，突然她好像明白了什么，只是不易察觉地淡淡一笑。

"这一切对你来说，显然不太容易接受。"罗奚娜将手放在他的肩膀上，"不过我很有信心，你早晚会信任我的。"

但是乔晋突然拉住她的手臂：“你能不能告诉我，你们到底想做什么？”

“守卫地球，阻止末日。”罗奚娜说道，眼神里没有一丝犹豫。

03 血魄的袭击

【秦蕊篇】

在一片寂静之中传来了一声虚弱的呼叫声，这个时候大家都愣住了，但是很快山洞里又归于平静。

“我去看看。”秦蕊打破了沉默，朝树洞口走去，但是 14 号一把拉住她的手臂，她抿着苍白的嘴唇使劲地摇着头。

62 号和 23 号都看向了身材高挑的 7 号，平时的训练 7 号一直是排名靠前的，但是这个时候她却缩在了人群后。

发觉同伴的眼光后，7 号这才咳嗽了一声，手忙脚乱地摩挲着面具左侧的按钮，一边按着，一边解释，“这里的情况外面不可能不知道，我想我们不应该贸然进去，至少先联系下……”她话只说了一半，突然显出了疑惑的神色，“这怎么没反应了？”

“我的也没反应了。”62 号也在按着自己的面具。

其他人也开始尝试联系外界。

秦蕊按了自己的面具，无论左侧还是右侧都只传出被干扰的噪音，看起来大家的面具都失灵了。

每个人都在对着空气说话，但是显然都得不到回应。

“这会不会也是一种考核？”62 号怯怯地说道。

23 号看向了树洞口：“不管是不是考核，我们都不能再等了，86 号一路上流了这么多血，如果真的遇到什么危险……”

“这个时候我觉得应该先让一两个人拿到第五把钥匙，出去外面报告这里的情况。”7 号急忙说道，“我速度快，应该由我来做这件事。”

趁着其他人讨论的时候，秦蕊将 14 号拉到一边，悄悄地问道：“你是不是知道些什么？”

被秦蕊这么一问，14 号的眼神里立即闪过一丝慌张，她眼神闪躲着，在确定另外几个人仍然在争吵时，才小声地说道：“33 号，我可能闯祸了。”

其实从今天早上 14 号迟到到刚才在树藤袭击的地方遇到她，秦蕊都觉得 14 号的行为和平时不大一样，心里像藏着事。

“你还记得我之前和你说过我爸爸和哥哥的事吧？”14 号谨慎地说道。

秦蕊点了点头，她没有忘记第一次听到那件事时有多惊讶。

“参加他们葬礼的那天夜里，我独自去了羊圈那边。”14 号表情哀伤地说着，“我只是不自觉想看一看现场，但是那里除了雪什么都没有，都被收拾干净了。后来我打算离开的时候，在雪地里看见了一个闪着光的东西。那是我爸爸生前一直带在身上的手表，那只表虽然屏幕已经摔碎了，但是我还是把它带了回去。”

秦蕊微微皱了下眉头，那时候血魄就是在羊圈攻击了 14 号的爸爸和哥哥，她想要保留爸爸的遗物无可厚非，但是……

显然 14 号接下来的话验证了秦蕊的担心。“那只手表其实有一点奇怪，有时候我会觉得里面藏着活物，但因为我每次看见手表都会因为想念爸爸和哥哥而哭泣，所以我一直以为是眼泪模糊了视线，所以才会有那种错觉。”14 号摩挲着手臂，“后来我到了这里也仍然随身带着那只手表，它就像我的护身符。可是今天早上，我却发现那只手表不见了，我到处都找了一遍，还差点错过比赛时间。”

“你觉得那只手表……”秦蕊不敢说出自己的猜测。

14 号吞了吞口水，从身上拿出了那只手表：“我已经找到手表了，可是……是在刚才这里附近的草地上看到的，我能感觉到手表里的东西已经消失了，它变得很轻。”

其实秦蕊和 14 号心里都有一个答案，但是她们都不愿意说出来。

“事情也许没那么严重，可能是你忘了一直带在身上……或者别的……”秦蕊勉强挤出一丝笑容，她想安慰 14 号，但是发现自己其实也感觉到了恐惧。

“33 号，也许我该告诉其他人……”14 号征询地看着秦蕊。

“事情还没确定，这样说只会吓到他们。”秦蕊犹豫着。

“喂，你们两个嘀咕什么？可别想悄悄地跑去取走钥匙。”7 号突然朝她们喊道。

“我们已经商量好了，显然这就只是一次考核而已。”7 号说道，“我已经和其他人约定好，大家一起进入树洞口，你们也别想逃走。”

看到 7 号打头阵要往树洞里钻，秦蕊急忙拉住她：“等等。”她从地上捡起一颗石子，又从树上扒拉下一块树皮，在上面雕刻了荆棘花的图案，“拿着这个。”

“荆棘花？”7 号疑惑地看着那个图案，“开什么玩笑！”说完之后，她就把树皮扔了出去。

秦蕊只好过去捡起了树皮带着，尾随 7 号一起进入树洞。

一进入树洞里，光线就暗了很多，但是里面的空间却不小，可能要比他们学校的普通宿舍还宽敞。

光线从树上的窟窿里投射进来，在地面形成了点点的光斑。而在一个阴暗潮湿的角落里，有一个人静静地蜷曲在那里。

“86 号？”23 号朝那个人喊道。

“你还好吗？ 86 号。”62 号也跟着问。

秦蕊一直在观察着四周，看到 86 号后，她突然有种羊入虎口，走进陷阱的不安感。

7 号他们很顺利地走到 86 号身边，86 号仍然有呼吸，只是晕倒了，而且也仅仅是腿部受了伤，23 号和 62 号一起将他架了起来。

可越是顺利，秦蕊就越是感到四周有什么异动。

14 号一直守在秦蕊身边，她看起来更是紧张不已，任何风吹草动都会令她一惊一乍。

就在他们快到出口的时候，突然有几根树藤沿着树洞边缘爬了过来，7 号反应迅速地开了枪。但是这一次被打中的树藤很快又恢复原状，而树洞口更是一下子聚集了一大堆蠕动的树藤。其他人都狂乱地开了枪，但是树藤非但没有减少，反而增加了生长的速度。

慌乱中，14 号突然大喊了起来：“是它们来了，是我害死了大家，对不起……”

“这到底是怎么回事？ 14 号发什么疯？”7 号一边射击着，一边朝秦蕊和 14 号看去。

树藤越围越多，原本已经快到出口了，但是现在被逼着节节后退，又回到树洞中。

“这根本打不退。”23 号着急地说道，“快想想办法。”

现在他们几个人已经被围堵在一起，秦蕊突然感觉到身边有个人伸出了手，在她还没反应过来时，她的面具已经被扔在了地上。

“你做什么？”清醒过来的14号吃惊地看着7号。

“33号你别怪我，拿下面具会被淘汰，这样外面的人就会来带走你。”7号急忙解释，“我也是为大家好。”

没有了面具虽然感觉更轻松点，但是秦蕊也只能苦笑：“如果真能这样，我不怪你。但是如果他们真的会来，早就该接走86号。”

“我不是一时着急吗？”7号面不改色地说道，“你要有脱身的办法，你倒是说一个来听听。”

“荆棘花。”秦蕊突然想到，“只要画上荆棘花，就不怕血魄附身。”

“血魄？”听到这个词，除了14号，其他几个人都是一脸的瞠目结舌。

“我没时间解释，你们先帮我掩护着。”秦蕊趁着其他人扫射围上来的树藤时，用86号衣服上还未干透的血，在众人的手上画着荆棘花。自从目睹了厄禹的死，这个图案就深深地刻在她的脑海里。

“这玩意儿有用吗？”7号有点嫌恶地看着那个图案，“虽然我知道书上说过可以抵御，但我们的教官从来没提过这个。”

“我不知道，但这是我知道的唯一的办法。”秦蕊说道。

“33号，小心！”14号的声音从另一边传来。

但是当秦蕊回过头时，她已经感到一阵火辣辣的疼痛，一根长着刺的树藤正好抽在她的肩膀上。虽然14号打退了围上来的树藤，但是秦蕊的肩膀还是出现了一道血红的伤口。

她还没来得及为自己画上荆棘花图案，而且她不知道血魄会以什么样的方式附身，她很想知道自己是不是已经被附身，但是感觉自己意识还算清醒，脑海里闪过很多个念头。

14 号不断地射击她周围的树藤，但随即手枪只传来咔嗒咔嗒的声响，子弹已经用完了。相继的几个人也坚持不了多久。

但是突然间，秦蕊发觉四周的树藤竟然不再向前了。她捂住流血不止的肩膀，向其他人走去，而无论她走到哪里，那些树藤都似乎在避开她。

“血魄好像暂时停止了行动，我们快走。”秦蕊脸色苍白地抓住 14 号的手臂。

虽然不知道是什么缘故，但是他们架起 86 号，在走向树洞口时，那些树藤都纷纷避开，似乎只是在一旁观望着。

他们带着 86 号离开了那里，沿着小径，重新回到了小溪流上游——第五把钥匙的所在地。

一回到那里，他们的面具就突然自己启动了，其他人都在联络外界，14 号扶着秦蕊靠在一块岩石旁边。

太阳已经西斜，他们在那里着实耗了不少时间，现在每个人都是筋疲力尽，也早就没有心思去取第五把钥匙。

秦蕊一直在想着刚才发生的事情，如果不是这样，她恐怕会因为肩膀的伤口而痛不欲生，她流了很多血，把新兵服浸湿一大片，只是因为是黑色布料不容易看出来。

没一会儿，地面上就出现了眼熟的玻璃传送舱。

在视线迷糊中，秦蕊看见有一位教官从远处走来，是那位长得很帅气的年轻教官。

但是她只是看到了这样一幕，随后她便倒向地上，失去了知觉。

04 迷茫的前途

【乔晋篇】

“守卫地球？”乔晋这下子更加疑惑了，据他所知，2012 末日预言已经是过去式了，最近似乎也并没有什么灾难预言，“你们不会是想找人预测灾难吧？”

听到乔晋的话，罗奚娜一下子笑出声来，她摇了摇头：“在过去经历过无数种灾难后，地球仍然孕育了一代又一代的生命，地球本身的自我修复能力是不可想象，也是人为无法创造的。”

“既然如此，你们为什么还得守卫地球？”乔晋反问道。

罗奚娜耐心地解释：“我刚才说了，盖亚理论认为地球让所有生物共同调节以达到平衡，可你想过吗？我们人类也在其中。你认为是危机意识唤醒一些人保护大自然，可是这些意识又是从哪里来的？”

“你的意思是……”乔晋吞了吞口水，有点不太敢说出自己的想法。

“我们不过是由地球所任命的使者，它唤醒了我们的意识，指引我们该做什么。”罗奚娜自信地说道。

乔晋一向不信神学，听到这种话，他第一反应是觉得可笑，但是他也明白不应该嘲笑别人的信仰。更何况最近发生的事情真是让他越来越不敢做任何断定。不过现在他开始隐约觉得自己恐怕误入了一个邪门教派。

“很抱歉，虽然你说了这么多，可我还是不明白，你究竟想让我做什么？”乔晋无奈地说道。

罗奚娜从衣袋里拿出了那枚进入亚里亚的硬币，将它拿到乔晋面前。

乔晋想伸手去拿，但是罗奚娜又快速握紧手中的硬币：“我可以把它还给你，但是你得帮我做事。”

乔晋闪过一瞬间的疑惑，但是突然间他明白了一点苗头：“如果我没猜错，你们没办法使用这枚硬币，所以你需要我？”

“你猜得没错，这枚硬币不是随便什么人就能用的。”罗奚娜说道，“我们需要你进入亚里亚灵境，帮我们找一些东西。”

乔晋心里暗自发笑，难怪他们要花这么多时间精力治好他，恐怕除了他，根本找不到能使用钥匙的人，现在他有了谈判的筹码，自己的处境就大不一样了。

“先不急着谈合作，我只想搞清楚事情。”乔晋打量着整个房间，现在他紧绷的神经可以暂时放松下来了，“你口口声声说你们是守卫地球的使者，又在世界各地找奇人异事，而且还想让我帮你进入亚里亚寻找一些东西，目的就是为了阻止世界末日？”

“没错。”罗奚娜十分干脆地回答道。

乔晋用拇指摩挲着干裂的嘴唇：“你凭什么认为我会相信你的话，

并且乖乖地配合你？说实话，我并不是什么思想意识超前，或者环保主义的类型。”

“这个问题显而易见。”罗奚娜走向了角落里的沙发，她拍了拍身边的位置，示意乔晋过去。

等乔晋坐过去后，她跷起二郎腿，将那枚雕刻精美的硬币举到灯光下，“任何一个进入过亚里亚的人都不可能放弃这枚硬币，而你也绝对不可能从这里离开。”

“你这是在威胁我吗？”乔晋皱起眉头，不知道罗奚娜为什么这么肯定，她的眼神和话语都令他不太舒服。

“不。”罗奚娜露出一个很微妙的笑容，将硬币塞进了他的掌心，“你会明白这是一场公平的交易，而我也会给你时间考虑，等你想清楚了再来找我。”说完之后，她拍了拍手。

乔晋有些意外地握紧那枚硬币，他没想到罗奚娜这么轻易地就还给了他，他还在想着罗奚娜葫芦里卖着什么药，突然眼前就站着两个大汉。

“请吧，乔先生。”其中一个大汉说道。

乔晋站起身，他看了看硬币又看了看罗奚娜，但是后者只是十分悠闲地靠在沙发上磨着手指甲。

乔晋在两个大汉的护送下回到了最初关押他的房间里。

一回到房间，乔晋便坐下来研究那枚硬币，想要验证它的办法就是再次进入亚里亚灵境，但是在那之前，他往房间里打量着，发现了房间上方安装的监控摄像头。

如此轻易还给他硬币，还断定他不会逃走，这会不会是罗奚娜的诡计？连护送他的手下都知道他姓乔，这样看来，他们应该已经把他调查得很清楚了。

可是即使听了罗奚娜那一番云里雾里的解释，他仍然不了解这个地方。他们到底想让他找什么？乔晋越想越是找不到头绪，百思不得其解，真想留下来一探究竟。可是当他意识到自己这么想时，又打了个冷战，这不就是罗奚娜想要的效果？

“不行，不能留在这里。”乔晋在房间里踱步，在他醒来后身上的东西就已经全被拿走了，他没有手机也没有其他东西可以联系外界。秦蕊现在的处境不知道怎样，在猫先生那里看到她的时候，看起来似乎不太好。而且他至少有两三天没有回去，依着莫俪的个性肯定已经开始胡思乱想了。

现在唯一的办法就是再次到亚里亚灵境，只是上一次他的鲁莽差点惹怒了猫先生，他还会再帮助自己吗？而且他手头也没有任何食物可以给猫先生。

“对了。”乔晋突然想到了主意，他跑到门边转了转门把手，果然是上锁了，但是他知道外面一定有人把守，于是他拍着门道：“我饿了，我要吃饭！”

乔晋在房间里坐没多久，门就被打开了，一个大汉推着餐车进来，上面摆满了热腾腾的美味食物。他瞟了乔晋一眼，然后便走向了门外，将门重新锁上。

他望了望摄像头，不知道监控下的他会发生怎样的变化，但是他不得不冒险一试。乔晋在房间里找了一些纸张包好食物，然后翻着手中的硬币。

这一次，他明显地感觉到那种从现实过渡到亚里亚灵境的瞬间切换，就好像体内的灵魂被一下子抽走了，周围的场景虽然没有变化，身体却变得不像自己的。

他走到了门边，再次转动门把手，这一次门打开了，门外没有人守卫，他如入无人之境，顺利地走出大门，推开大门时，外面是那条通往石柱群的熟悉大道。

乔晋来到石柱群，但是他没有看到猫先生的身影，正疑惑地四处张望，突然感觉身后有个黑影扑了上来。

乔晋一闪身，猫先生已经叼走了他手里的纸包。

“喵呜，看来某人又有麻烦。”猫先生一边用爪子和牙齿撕开纸包，一边说道，“人类总是无视我的忠告，然后又来找我寻求帮助，他是这样，你也是这样。”

“他？”乔晋觉得猫先生话里有话，莫非是指厄禹？如果不是自己目前的处境实在太麻烦，他确实很想问问猫先生，关于厄禹的事情。

“说吧，这回又想问什么？”猫先生大口吃着鸡腿说道。

乔晋说道：“我想知道要怎样才能从关押我的地方逃出去。”

猫先生停止进食，他抬起那双圆滚滚的眼睛盯着乔晋，不知道在思考着什么，等了一会儿才开口：“你不应该离开那里。”

“为什么？”乔晋感到很意外。

猫先生舔了舔爪子：“因为只有在那里你才能找到自己。”

“我不明白你想说什么，现在我只想找到秦蕊。”乔晋苦笑道。

猫先生摇了摇头：“给你一句忠告，即使你找到她，你也帮不了她。可在这里，你才能帮到她。”

“在这里？”乔晋犹豫着，猫先生的忠告一向不会出错。虽然他现在还不能理解猫先生话中的意思，但是如果在这里才能帮到秦蕊，也许……可是莫俪该怎么办？他总得想办法传递消息出去。

猫先生已经把纸包里的食物吃得一干二净，他满足地舔着爪子：“如果你想让我帮你传递消息给你的女友，我可以做到，但是我认为已经没有那个必要。”

乔晋没想到猫先生连这个都猜得到：“莫俪……现在怎么样呢？”

猫先生转身道：“你还是自己看看吧。”

乔晋前面的一根石柱上突然出现了一个模糊的影像，看起来很像是学校的宿舍，他看到了莫俪穿着睡衣躺在床上正在无聊地翻看着手机。

“莫俪。”乔晋抚摸着石柱上莫俪的那张脸。

可是下一秒他就愣住了，因为从宿舍的厕所里走出来一个男生。他一边扣着纽扣，一边朝着莫俪说着什么，然后走到她身边，在她的脸上轻轻地吻了一下，莫俪顺势抱住了他。他认得这个男生，那是莫俪的前男友。

乔晋突然明白了什么，他转过脸去：“够了，我不想看了。”

“我想不用我的忠告，你也应该明白了。”猫先生眼睛发绿地看着他。

乔晋虽然有一瞬间的恼怒，但他实在不想去责怪莫俪。其实从一开始与莫俪的结合更多的是因为自己的处境造就，在他过去的世界里，想要凸显自己的成功，最好的办法就是拥有学校里长得最正的女友。

他对莫俪那种感觉与其说喜欢，倒不如说是门当户对。可现在这一切都没办法去深究，莫俪怪他花太多时间在多年好友的身上，这是事实，他和秦蕊之间的感情更像一种彼此的牵绊。

可是无论怎样，想到过去和莫俪在一起的片段，他还是感觉到心痛。

他能够听到猫先生的叹息，同时感觉到回到现实的沉重感。乔晋靠在桌子边，将那枚硬币扔到桌上，他无力地仰着头看着天花板：“为什么会变成这样……”

他想起了第一次在篮球赛上看到了穿着啦啦队服的莫俪，那时候的她是那么美，如同有一道圣光笼罩在她的身上。

那时候的自己是那样朝气蓬勃，充满了自信，似乎再没有什么是他得不到的。他与莫俪心照不宣地相视一笑，就像彼此锁定了猎物，再没有比眼前的人更适合的了。

可是看看现在的自己，像这样充满了不确定，感觉在这世间自己有多渺小和无知，这样的探索应该继续吗？

05 局势的转变

他看向房间里的那面镜子，想起了猫先生第一次见他时，说的那句：镜子里的你也是你。

最近发生的这几件事，让乔晋陷入了深深地矛盾中。他就像一个迷路的孩子，被眼前的光亮所吸引，不断地被牵引着朝偏离人生轨迹的地方走去，时而又停下来，感到恐慌：眼前到底会有什么？该不该继续向前？

他盯着桌上的那枚雕刻着古老花纹的硬币，如果没有捡到这枚硬币，现在的他会是怎样的呢？他想起来自己当时正在做毕业前的规划，打算和莫俪一起应聘国内有名的500强企业。也许他们会一起去上海定居，也许还会结婚，他们会是个小康之家，每天上班和同事打趣，下班和妻子还有孩子一起……

“也许再过几年，慢慢地对生活失去了热情，变成一个糟老头，整日操心自己的身体和生活上的琐碎。”

乔晋苦笑了一下，然后突然愣住了，意识到刚才的那句话并不是他心里发出来的声音。

他推开椅子，站了起来：“是谁！谁在说话？”

在房间的一处阴暗的角落里，不知什么时候有个穿着高领黑西服的女人端端正正地坐在那里。

等她走到光亮处时，乔晋有一瞬间愣住了，那个人长得和罗奚娜很像，只是她戴着金丝边眼镜，穿着保守，而且眼角有皱纹，显然要比罗奚娜年长。

“你是？”乔晋警惕地看着她。

“我是谁不重要，重要的是你想成为什么人。”那个女人眼神锐利地说道。

乔晋打量着那个人，听到她说的这句话，心里已经有了答案，肯定是罗奚娜派来的人，不过这未免太小瞧他了，怎么派了个看起来毫无威慑力的妇女来当说客？

【秦蕊篇】

秦蕊苏醒过来时，发现自己正躺在一张病床上，四周都用布帘隔离开了。她扶着床沿坐了起来，后背传来一阵阵撕裂般的疼痛。她吃疼地皱起眉头，这时候听到了隔壁传来的响动。

秦蕊拉开了一侧的布帘，看到隔壁病床上躺着同样穿新兵服的86号。

他的样子看起来比自己严重得多，脖子戴着颈托，腿上打着石膏，手臂还连着吊瓶，脸上更是毫无血色，只是一双眼睛瞪得滚圆，嘴里呜咽着，但秦蕊听不清他想说什么。

看到86号的样子，秦蕊突然想起什么，急忙往自己的脸上摸去，果然没有面具，在这里的首要规则就是得戴着面具。可是她冷静下来后，觉得其实也无所谓了吧，她已经输掉比赛了，丢了面具也没拿到第五把钥匙。

可是 14 号和 7 号他们拿到钥匙了吗？她只记得晕倒前最后的一幕，接下来发生了什么，她一无所知。

发生了那样的事情之后，比赛还能继续吗？

在她思考时，她听到了脚步声，有人掀开了她眼前的布帘。

14 号提着水壶走了进来，看到秦蕊坐在床上，她一下子愣住了，然后急忙放下手里的水壶，扑上前抱住了她。

“哎，疼疼疼。”

“对不起对不起，我忘了你伤在后背。”14 号急忙松开，擦了擦眼角的眼泪，“你总算醒了。”

秦蕊露出一个笑容：“我只是受了一点小伤而已。”

“才不是，你不知道……”14 号话到嘴边又突然停下了。

秦蕊眨了眨眼睛，疑惑地追问着：“我不知道什么？”

14 号紧紧地握住了秦蕊的手，向她解释了她昏倒后发生的事情。

在他们到达第五把钥匙的所在地时，在外界监控考核场地的人并未发现异常。因为第一轮的模拟血魄攻击实际上正是考核的内容，需要新兵们利用手中武器进行脱困。可是谁也预料不到会有真的血魄混杂在其中，而且血魄不仅混进了考场，也对外面的设备进行了破坏。

等外面的人检查出故障时，派出人员进行排查修理的过程中，血魄已经将秦蕊一等人引入树洞内。

幸好这次的血魄仅有一只，还刚成形不久，所以除了秦蕊他们一行人，其他新兵的考核都顺利地进行完。

可惜的是等教官赶到他们的位置时，那只血魄已经不在树洞内，现在整个亚里亚基地都处于戒严状态中。

14 号、7 号和 23 号、62 号都被叫去进行盘问，秦蕊和 86 号因为受伤所以被送回去救治。因为接触过血魄的原因，他们几个都得留在隔离病房。

“我已经把我所知道的所有细节都告诉了他们，可他们只告诉我，让我们在这里等待消息。”14 号捂住脸十分愧疚地说道，“我实在太傻了，都是我把藏着血魄的手表带到这里来，才会变成这样。”

秦蕊抚摸着她的脑袋：“现在下定论还太早了，况且如果真是那样，你也是无心的，谁也不可能想到。”

“我没有拿到第五把钥匙，也没有杀死血魄。”14 号抽泣着，“我当不了血盟军，更没能为我爸爸和哥哥报仇，我什么都做不了，更没办法保护妈妈和妹妹，我真恨死我自己了！”

秦蕊抱着 14 号，她不知道该怎么安慰她。可是同时她的内心也产生了忐忑，小时候的血红天空事件虽然把她吓得不轻，但是她对于真相的好奇远远占了上风。可是这一次，血魄的突然袭击差点让他们有去无回。即使最后能够脱险，秦蕊也无法确定是荆棘花的功劳。那时候到底发生了什么，血魄又为什么突然停止了攻击……敌人在暗，他们在明，他们对于这种怪物的了解实在太少了。

秦蕊原本以为他们会被关在这里很久，至少也得关上一阵子进行观察。可是第二天中午，安娜来到了隔离病房，告诉他们可以回自己的宿舍了。

其他人离开后，安娜来到秦蕊的病床前，说道：“我有一个好消息和一个坏消息要告诉你，你想先听哪个？”

“好消息吧。”秦蕊说道。

“好消息是，为了嘉奖你们在比赛中展现的勇气，我们决定破例让你和 14 号通过考核。”

“那……坏消息呢？”秦蕊有点担心地看向安娜。

安娜露出一个苦笑：“坏消息就是接下来我要说的话可能会让你产生动摇，可是即使是那样，我也得和你说实话。”

秦蕊没有回应，只是静静地等待安娜说下去。

“这几年来我们招募了一批又一批的新兵，他们和你们一样，也都是经历过血魄攻击的幸存者，仅仅通过几天的训练和考核，就被送往前线。很多人带着仇恨，而我们也是利用这股仇恨，可是很多人真正开始面对血魄时，都会感到害怕和退缩。”安娜脸色严肃地说道，“有些人被我们消除记忆送回原来安安稳稳的生活里，可更多的在感到恐惧时就已经没命再回来。你可能会觉得为什么我们不能让你们再多点时间适应和训练对吧？”

秦蕊其实心里早就有这个疑问，只是一直没机会问。

“如果可以，谁都不希望让人去送死，但是……”安娜眉头深锁，“我们把该用的办法都用了，甚至在前两年出动过一次小的核爆，谎称是地震。可是它们的数目一直没有减少，始终找不到源头。我们对这种怪物的了解不比你们多多少，它们似乎随处可附身，甚至可以在一个地方潜伏几个月。这两年目击的报道开始多了起来，在各地已经引发不少骚动，如果我们再不加快处理，一旦恐慌持续蔓延……”

安娜没有说下去，但是秦蕊能够明白她的意思，恐慌有时候比天灾人祸更加可怕。

“现在你已经知道了加入血盟军意味着什么。”安娜看着她的眼睛，“我知道你和其他人不一样，你眼里没有仇恨。但是你身上有别的东西，让你比其他人更有勇气也更理智，我们需要像你这样的人。”

“也许是你看错了。”秦蕊咬着嘴唇，低下了头。

她记得妈妈离开家里的那天，天色阴沉，天气预报上报道着台风即将登陆。

爸爸坐在沙发上喝得酩酊大醉，一边砸着遥控器，一边破口大骂着。

妈妈在房间里收拾着衣物，秦蕊一直蹲在楼梯上哭着。

妈妈下楼时，她紧紧地拉住行李箱，恳求她不要离开。

“这一切都是你的错。”妈妈说道，然后用力地将她推到一边。

秦蕊的手臂被擦破了皮，她趴在那里一直哭着，不知道自己做错了什么，可是妈妈就是不肯回头看她一眼。

“你……是想退出吗？”安娜的声音打破了她的沉思。

秦蕊摇了摇头：“我想成为血盟军，直到你们不再需要我了。”

安娜捏了捏她的手：“我相信你会成为很优秀的血盟军，不过在那之前，还有一件事你得去做。”

秦蕊跟着安娜来到了一间大厅里，在那里聚集了很多新兵，而且大厅用玻璃隔开好几间办公室，每个办公室里都有一张长桌和十把椅子，长桌后都坐着两位军官。

她和安娜一起穿过人群，来到了一间写着“血盟军 18 小队”的办公室里。

秦蕊和安娜一走进办公室，其他人都回过头来看她。14 号从椅子上蹦了起来，一脸兴奋地扑向秦蕊，不断地重复道：“我们通过了！我们通过了！”

看到 14 号这么高兴，秦蕊也暂时忘记了后背的疼痛，任由 14 号抱着她转圈圈。其实秦蕊很想知道 7 号他们几个是不是也通过了，但是她朝房间里的其余 8 个人看去，并没有他们的身影，也许他们被分到了其他小队也说不定。

“我就把你带到这里了，接下来的事情，就交给你们的领队了。”安娜拍着秦蕊的肩膀，朝她眨了眨眼睛，然后转身离开了办公室。

第五章

当她打开那个盒子时，一种奇怪的感觉笼罩在她的脑海里，她仿佛看见整个世界呈现在自己眼前，眼前的事物忽远忽近，然后突然闪过一阵亮光。

01 帅气的教官

在他们的办公室里只有一位教官,他坐在长桌后紧张地转着杯子，看起来年纪不会超过 20 岁，戴着眼镜，看起来很文弱。秦蕊觉得很疑惑，其他办公室都有两位教官，怎么他们这里只有一个，而且还是这么……不像教官?

等她和 14 号落座后，就听到房间里其余的几个人似乎在交头接耳地议论着什么。

秦蕊以为是在议论他们遇到血魄的事情。

可是 14 号这时候凑到她耳朵边说道：“他们是在说我们的领队呢。”

秦蕊望向了长桌后面那个文弱的教官，但是 14 号又说道：“不是他。是另一个，还没来。听说是个老古董。虽然被破例录取是很高兴，但是你看看我们的两位教官，一个是手无缚鸡之力的小毛孩，另一个又听说是个又严厉又古板的老家伙。唉，为什么就不能分配个正常点的。”

看到 14 号有点失落的样子，秦蕊暗自微笑，14 号实在太有趣了，想高兴就高兴想难过就难过，好了伤疤忘了疼。

就在他们议论时，长桌后的少年突然站直了身体，朝门外看去。

他们新来的教官推开了玻璃门，顿时大家的眼光都被吸引过去了。

“哇！”14 号不自觉发出了感叹。

哇哦，秦蕊也很想发出感叹，但是忍住了。虽然在那之前她已经见过这位领队，他就是当时那位中泰混血儿，有点少年老成，眼神阴郁的帅气教官。

不过今天他走进来时，好像比第一次看见他的时候更加帅气，他穿着笔挺的军官服，高挑的身材，梳着偏分头，目光坚毅，五官清晰，每一个举动随时可以拍成一组组的模特照。

“我就说大难不死必有后福。”14 号拽着秦蕊的衣角，在她耳边咬耳朵道，“我们的领队太帅了，简直可以直接出道当明星。”

“哎，擦擦口水。”秦蕊又好气又好笑地看着 14 号，连日来的紧张和严肃似乎第一次消失了，这一刻她真实地感觉到她们也是花季少女。

不过这种感觉并没有持续多久，领队一走到长桌后，就一直黑着脸，直到所有人都意识到空气中弥漫着令人窒息的凝视，等声音渐渐安静，那位帅气的军官才开口道：“你们可能以为能够坐在这里，就代表着已经成为血盟军了，是吗？”

没有人说话。

他走到了第一排的 98 号面前，居高临下地问道：“告诉我，你为什么想要加入血盟军？”

19 号怯怯地说道：“我想，我想报仇。”

“报仇？”帅气军官苦笑了一下，问道，“为什么报仇？”

“为……我的家人。”19 号咬着嘴唇回答道，“血魄攻击了我们整个村子，我的爸爸妈妈都死了。”

帅气军官没有继续问他，而是转到另一个人面前：“你呢？为什么想要加入？”

“没有为什么，我就想杀光血魄！”17 号站起来挺直了脊椎说道。

接着他又问了其他几个人，大都是想要报仇，做个有价值的人，保护其他人之类的回答。

他走到了秦蕊的面前，盯着她。

秦蕊迟疑着，最后她说道：“我……我想知道这一切到底是怎么回事。我觉得这是我想做的。”

“你想做的？”帅气军官反问她。

秦蕊点了点头：“是的，成为血盟军，我才能继续追寻真相。”

秦蕊觉得他似乎盯着自己看了太久，她有点不好意思地低下头，难不成她说错什么了，还是她的理由很傻？

但是领队没有说什么，只是走到台前，开始点名：“3 号、14 号、19 号、33 号、46 号……”在点了六个人后，他暂停了一会儿，不管是被点到名还是没有点到名的人都十分紧张地看着他。

“刚才没点到名字的，你们可以离开了。”领队突然说道。

没有点到名的人都愣住了。坐在台后的那位文弱的副领队急忙站起身，他走到门边打开了门，请那些人离开办公室。

“为什么？我们说错什么了！”17 号不服气地喊道。

“没有为什么，这是我的队伍，我有权利选择我的队员。”帅气的教官坐在长桌后，面无表情地说道。

“这不公平！”17 号叫嚷着，引得很多其他办公室的人都朝这边看来。

“把门关上！”他们的领队对门口站着的副领队说道。

副领队急忙将那群人推出去，将门关好，然后手脚忙乱地回到了长桌后。

经过这一风波，还留在办公室里的新兵都变得紧张起来。秦蕊可以听到 14 号在身边吞着口水，她的眼睛瞪得圆圆的，一眨都不敢眨。

帅气又冷酷的领队坐在长桌后，交握着双手：“血盟军 18 分队，从今天开始由我来带领。”

【乔晋篇】

房间里突然出现的妇人走到了乔晋眼前，她自顾推开旁边的一把椅子，坐在那里用悠闲的语气说道：“让我猜猜你现在在想什么。你是不是在想，罗奚娜怎么派了这么个老女人来当说客？”

乔晋冷笑了一下，她倒是挺有自知之明。

可眼前的这位妇人突然笑了起来：“你刚才看起来很伤心，是因为你的女朋友背叛了你对吗？”

听到她的话，乔晋收起了刚才的轻视，他望向监控，但是还没反应过来，那位妇人就将他的心里话给说了出来。

“不，监控是看不到亚里亚灵境里发生的事情的。”她推了推眼镜，开口道，“你现在可能在想，这个老婆子究竟在搞什么鬼，怎么会知道我的心里想法，她想做什么？”

见鬼！乔晋后退了一步，这个女人就像他心里的复读机，几乎一句不漏地说出了他正在想的事。

“没有什么能瞒得过我的这双眼睛。”妇人说道，“不过你也不用担心，我虽然能够看到别人的想法，但也不是随时都在看，毕竟那也会给我带来困扰。”她指了指身边的椅子，“请坐吧，我尽可能不读你的内心活动。”

乔晋咽下一口口水，虽然有些犹豫，但还是坐到她身边的椅子上。

“我来找你的原因很简单，可能你也猜得到，罗奚娜是我的大女儿，还有你之前见过的那个绷带女孩，她是我小女儿。”妇人解释着，“多年前，我受到地球之母的召唤，成立了这里，我们到处招募成员，组织成为盖亚门徒。我们的所作所为就是为了即将到来的末日做准备。你完全不用怀疑我们，也不应该害怕我们。”

“可……”乔晋的话还没说出口，罗奚娜的母亲又说道：“你现在一定是觉得外面风平浪静，哪里来的末日？年轻人，那是因为你不知道有些人在背后平息‘风暴’。”

看到乔晋皱起的眉头，罗奚娜的母亲带着歉意地说道：“哦，抱歉，我又不小心看到你的想法，有时候我都忘了别人到底有没有开口说出来，希望你能原谅我的疏忽大意。好了好了，我不再看你的心理活动。”

罗奚娜的母亲虽然话里带着歉意，但是眼镜背后的目光却闪着冷厉的光芒。乔晋不敢去看她，这让他感觉很不舒服。

这时罗奚娜的母亲突然站起身来，但是她并没有离开，而是走到了窗户边：“你想知道我的小女儿为什么会变成这个样子吗？”

“你，应该知道我的回答了。”乔晋冷漠地说道，他尽可能隐藏自己的想法，但是他不知道对方究竟用的是什么手段。

妇人看他的眼神很微妙，但是她很快又望向了窗外，说道：“我的原名叫罗伊，和丈夫离婚后，因为工作需要，我带着两个女儿移居加拿大，后来改了个英文名。但是我的两个女儿我却强烈要求她们改随我的姓氏使用中文名，因为我知道总有一天我还会回到中国……”

很多年前，罗伊不顾父母的反对，嫁给了当时的一个穷小子，为此和家里断绝了关系。年轻时候的罗伊很要强，宁肯吃苦受累也要和相爱的人在一起，没想到这个穷小子和罗伊两个人从小本生意做起，一直把生意越做越大。

生活富裕起来的罗伊也时常寄钱回家里，但是有了钱，反而和丈夫产生更多矛盾。得知丈夫在外面有了情妇后，罗伊虽然已经有了两个女儿。但她还是不顾丈夫的挽留果断提出了离婚，她的个性完全无法忍受这样的事情发生，但是也始终没有勇气回去见自己的父母。

离婚时，因为证据得当，罗伊不仅得到两个女儿的抚养权，也得到了一笔不小的财产。为了获得新的生活，罗伊带着两个女儿离开了国内，前往加拿大。

离开之前，她曾经想过要回去家里看望自己的父母，解开多年心结。可是到了家门外，却始终无法再向前一步，当年和父母的争执仍然历历在目。这么多年，自己也从未带过女儿回去看望他们，就这么突然回去，又该说什么呢?

她有时也打过电话给哥哥，从哥哥的口中知道他们过得很好，哥哥和嫂子对待爸妈很孝敬，不久前还给他们添了一个大胖孙子，一家五口其乐融融。

她现在回去，也许只能让他们又想起痛苦的过往，还是再等等吧，等她将新生活安顿好，再回来看望他们。罗伊当时就是这么想的，可是她完全没有想到，一念之差，竟然成了天人永隔。

02 蹊跷的事故

在多伦多定居两年后，罗伊偶然看到了国内的新闻报道，因为报道的事故着实可怕，甚至在国外也引起不小的舆论。一夜之间，某个小康之家一家五口仅一人幸存，其余人全都暴毙且死相恐怖，而幸存者显然也疯了，和警方说是怪物袭击了他们。警方最后给出的结论是，这位幸存者是精神病发作，在无意识中杀害了自己的家人，还有家里的宠物狗，结案后已经被关进了精神病院。

但是很多人都对这个结论无法认同，觉得警方太过草率，因为那些人的死相实在太蹊跷，甚至还有很多不嫌事大的人觉得确实有怪物。

罗伊原本对这种报道也不怎么关心，但是因为报道中提到的村子正是她的家乡，这才吸引了她的目光，然而一看到杀人犯的照片上那个形容枯槁的男人时，她一下子愣住了。虽然面容消瘦了不少，但是她仍然可以认出来那就是她的父亲。

等她再仔细地看报道，更加确定了那就是他们一家。罗伊觉得仿佛晴天霹雳，差点晕倒过去。原本其乐融融的一家五口，怎么会突然变成这样？要说她父亲有精神病，那是更加不可能的，父亲一直身体很好，他们的整个家族也没有任何精神病史。可是父亲为什么会突然说起胡话呢？是因为被什么刺激到才突然疯了还是……

罗伊不敢再进行任何想象，她只想马上回去查清楚到底是怎么回事。

等到两个女儿放学后，罗伊已经订好了机票，收拾完行李后，她便带着两个女儿乘坐飞回国内的航班。

罗伊也更加想不到，她这一次回去，自己的命运会发生彻底的改变。

罗伊再次回到自己小时候生活的地方时，已经是人去楼空了，房子外还能看到一些曾经拉起的警戒线痕迹。她鼓起很大的勇气才敢踏进房中，以前她想过很多次踏进这栋房子的场景，但绝对想不出会是今天这样……

从报道的日期看，事故是一个月前发生的。可是现在这栋房子好像闲置了很多年，房子没有上锁，里面的家具都用白布盖着，地上一片狼藉，角落里还结着蜘蛛网。

罗伊在里面查看的时候，门外有人吼道："是谁？"

罗伊探出头往外面看，看到门外有个拿着扫帚的女人一脸的惊慌失色。

"你是罗伊？"她似乎是认识的邻居大婶，但是罗伊已经记不起来她叫什么了。

"你好。"罗伊有些不知所措地回道。

邻居大婶热心地请罗伊到她家里去，她家就在附近不远。

"真没想到，你已经长这么大了。"邻居大婶给她倒着茶水，"不过面相倒还能认出来，你和你母亲长得很像。"

“抱歉，我很久没有回来了……”罗伊看着杯子里的茶水，想着该怎么说下去。

“哦，你不记得我啦。”邻居大婶说道，“你小时候我还抱过你哩，听说你嫁到外地去了……”大婶显然话里有话，只是没有明说。她和家里闹掰还有和人私奔的事情，应该早就被传遍了吧。

罗伊不想多说自己的事，她已经感觉很累了：“我最近两年都在国外，是偶然听说家里出事了……我想问问，那天到底发生了什么事？”

邻居大婶斟茶的手稍微停顿了下，她目光有点狐疑地说道：“报道里不都说了？就是那么一回事呗。唉，这人活一辈子，真是看不透，怪可惜的，怪可惜的。”她重复着可惜两个字，好像真的特别可惜的样子。

“您住得这么近，那天晚上有听到什么吗？”罗伊看着她问道。

“这……我都和警察说了。”邻居大婶面色微变地说道，“我就听到一些争吵声，过日子嘛，哪有不打闹的？我当时也没在意，可后来就听到一声女人的喊叫声，我想这次可真的有点闹大了，可我还没怎么想呢，就……就听到了惨叫。”邻居大婶眉毛都快皱成八字形了，她显然还有点后怕，“那惨叫声真是把我都吓傻了……”

“后来呢？”罗伊急忙问道。

“后来，我听到惨叫，我就跑出去看了，当时附近也有其他人也出来看。有人还光着脚，有的衣服穿一半，还有个头上泡沫还没洗干净的也跑出来了。”邻居大婶说着说着又似乎起了兴头，“大家都议论着是不是出什么事了，有几个胆子大的去敲门，但没人应。我就说要不然还是报警吧，里面指不定出什么事了，要不然也不会这么久也没人应。”

后来也不知道哪个报了警了，警察来了还是敲门，还是没人应，屋子里就一直静悄悄的，警察也觉得不对劲，就开始破门了。

“唉，当时里面的场景……”大婶摇了摇头，竟忍不住掉下眼泪来，“那孩子还那么小啊。”

罗伊听到这句话，整个身体都震住了，她觉得如鲠在喉，让她喘不上气。可是她必须知道，因为她不相信爸爸会那样做。她强忍着眼泪，哽咽着问道：“当时你看到我爸爸了吗？”

大婶抹完了眼泪，说道：“我哪还敢怎么看啊？我就看了一眼，就给我吓得逃出来了。我想应该没在那里，但是我也不知道，那时候情况乱哄哄的，警察赶着人，还有人当场就站不住了得扶着出去……”

这么说，警察是在第一现场，难道真的像报道里说的？

她在国外的这两年，家里到底发生了什么？不对，她记得三个月前她还打过长途给哥哥，那时候一切还很正常。

罗伊感谢了大婶的帮助，从那里出来后，她做了一个近乎疯狂的决定。

按照法律规定，父母的房子现如今已经归于她名下，但是罗伊并没有卖掉房子的打算，而是决定搬回去住。

她之所以这么做，是考虑到回到国内有一大堆手续需要她去办理。这个时候她根本无法分心去购置新房子，而长期住在酒店也不是长久之计。而且最重要的是她想查清楚这场事故，虽然警方已经草草结案，但是对她而言，有太多的疑点，她也完全无法接受这样的结果。

奚娜当时只有十一岁，而小女儿刚满九岁，罗伊告诉她们马上就要回家了，那个家是她从小长大的地方。天真无邪的女儿们对于母亲长大的地方很是好奇。

为了不破坏现场，罗奚娜决定自己对房子进行清理，虽然花了好几天，但是总算是能继续住人。

罗伊当时这么做，是很值得商榷的，但是那时候她的情绪很不稳定，一心只想找到那场可怕事故的真相。罗伊到处奔波寻找目击者，还雇了私家侦探帮忙调查。

从知道那场事故开始到搬进去住，她都没有掉过一滴眼泪。可是在精神病院看到已经瘦得脱了相的父亲，罗伊的眼泪一下子就绷不住了。

父亲好像不认识她一样，用陌生的眼神打量着她。

罗伊不停地问他问题，可是他回答得颠三倒四，罗伊告诉他自己已经搬回去住了，这句话好像引起他很大的反应，他抓住了她的手，眼睛瞪得像要凸出来，“不要回去那里！”他反复地说着这句话，直到看护将他拉开。

医生告诉罗伊，她的父亲已经彻底精神错乱了，有明显的暴力倾向，最好的办法就是让他继续待在精神病院。

多日来的调查什么也证明不了，而看到父亲精神错乱的样子，罗伊的心更是沉到谷底，她开始相信警察的结论。

那天夜里罗伊将女儿们哄睡着后，就回到房间将自己的头埋进被子里像个孩子一样大哭起来。可是到了半夜，她突然听到了外面有动静。罗伊发现门外有亮光透进来，她以为是女儿们醒来了，于是便起身走到门边。

罗伊打开门，却发现亮光并非来自女儿的房间，而是从地下室的入口透出来的。在他们的老房子里有一间放置各种旧物的地下室，她记得小时候还下去玩过，但后来东西多了，父亲怕他们下去玩有危险，便常年上锁。

罗伊走到地下室入口处，发现上面的小门半掩着并没有上锁，她不太记得清理时是否有上锁,实际上这几天她都是迷迷糊糊地度过的,经常把东西放错地方。

但是罗伊没有进过地下室，里面的灯不可能是开着的，也许是女儿们贪玩，溜进去把灯打开了。罗伊很想安慰自己不用太过担心，但是她的心脏还是越跳越快，如果是家里进贼了该怎么办？想到自己的两个女儿，罗伊就不得不谨慎起来。

不知道哪里来的勇气，罗伊从厨房里摸出一把菜刀，来到地下室入口，开始往里面走去。那时候她根本没有想过要报警，这栋房子刚发生过那样的事故不久，保不准警察知道她住在这里也会把她当成精神病人，她只能独自去对付眼前的状况。

罗伊来到地下室，可是里面的灯并没有打开，亮光是从储物柜上的一个盒子里发出来的。罗伊警惕地四处查看，并没有发现其他人的踪迹。

03 意识的觉醒

罗伊打开了地下室灯，从储物柜上拿下那个发光的盒子。

当她打开那个盒子时，一种奇怪的感觉笼罩在她的脑海里，她仿佛看见整个世界呈现在自己眼前，眼前的事物忽远忽近，然后突然闪过一阵亮光。

她能够感觉到自己的某部分意识被打开了，所有的事情都变得一目了然，所有复杂的问题和心结一瞬间都被解开，她甚至能够看到自己的两个女儿长大后的模样。她看到沧海桑田，所有事物诞生和灭亡的过程。她看到了地球上发生的种种迹象，又看到了地球是如何自我修复。虽然她的身体定格在小小的地下室内，但思绪却仿佛贯穿了整个宇宙。

在基督徒心里，那也许可以称之为上帝之光，在佛教徒心里，或许称之为天眼，无论是哪一种，罗伊当时都可以深切地感觉到那种巨大到超越一切人为的力量，人类在她面前是那样渺小和卑微。

她闭上眼睛，听到了来自远古的呼唤，那种深层的声音从灵魂的深处传来，不断地回响着，令她不得不跪倒在地，深深地呼唤着“地球之母”。

那声音抚慰着她的灵魂，拂去了她一切的伤痛，消除了她背负的负罪感和对过往的所有纠结。突然间，她觉得四十多年来，这具身体里积累的污垢彻底地被洗净了，这具皮囊如今轻得如同一根羽毛。

那是她的第一次意识觉醒，可随后而来的是，她看到了即将发生的末日之灾。也看到了世界各地部分同胞正在经历着可怕的变故，当她再次看到自己的父亲一家也在其中时，内心所产生的悲悯已经超越了亲情，那是一种对全人类的悲悯。

她的家人所经历的事故并非普通的事故，那是末日来临前的征兆，她的父亲没有说错，是怪物袭击了他们。那些怪物来自地球之外，并且仅仅只是前锋部队，如果放任这些事故继续发生，人类将面临着巨大的灭顶之灾。

“去帮助他们，地球之母将与你同在。”那个声音在她心里响起。

到了第二天，罗伊发现自己正躺在床上，她仍然像平日那样醒来，只是昨晚的事情仍然历历在目，她看了看自己的身体，并没有多大的变化，但是她能够感觉到现在的自己已经与以往完全不同了。罗伊就像一个死过一回的人那样，突然之间把什么都看得很透。

对于自己的变化，罗伊不但没有感到害怕，反而觉得这是一种注定的命运。

而她的小女儿也是在那个时候被迫接受了属于自己的命运。

按照罗伊所说，地球之母给了她选择，她必须在两个女儿中选择一个做出牺牲，这是对于她的考验。罗伊无法做出选择，她宁肯牺牲自己也不想牺牲任何一个女儿，但是很显然地球之母已经帮她做了选择，从那天起，罗奚南就没有了躯体，成为现在这个拥有了治愈任何伤痛的幽灵绷带，而罗伊也获得了如同先知的能力。

罗伊接受了自己的命运，在地球之母的召唤下，她的两个女儿也接受了自己的使命。

罗伊按照内心的指示行动，在世界各地演说，吸引了很多有志之士。那些人都相信盖亚理论，相信地球本身就是一个超级生命体。罗伊甚至为他们展示了自己所拥有的潜能。不久后，她就成立了盖亚门徒这个神秘组织，靠着被开启的天眼将这个组织秘密地布满世界各地。

在她的潜能之下，普通的人根本无法追踪他们的行踪，因为罗伊总是知道下一步该怎么做。常年耳濡目染，长大后的罗奚娜和罗奚南两个人也开始追随母亲的脚步，变成了盖亚门徒忠实的成员。

他们在世界各地收集可怕的事故，调查事故真相。从蛛丝马迹中挖掘线索，这个世界正在悄然发生变化，有越来越多的奇怪事件发生，而这些都是罗伊所看到过的末日征兆。地球之母也正在唤醒越来越多的人加入保护地球的行列。

可是在这个世界上并不是每个人都会追随内心的声音，很多被赐予异能的人没有好好地倾听地球之母的召唤，只沉湎于当前的欲望里。很多人迷失了自己，根本不知道危险已经离自己越来越近。

“我和你说这些不为别的，即使你不信任我们，你也会听从猫先生的话留下来，可是我还是希望你是心甘情愿地成为我们的一员。”罗伊讲述完自己的故事，长叹一声，对乔晋说道，“帮我们，这样才能保护到你想保护的人。”

罗伊的故事大大出乎乔晋的意料，他有一瞬间似乎也感觉到罗伊所说的地球之母的召唤，但是很快他又回到了现实，对于自己的感觉半信半疑。罗伊也许早就将他看透了，但是他还是问道：“你希望我怎么帮助你们？”

“帮我们进入亚里亚灵境找一些东西。”罗伊说道，“那些物品也许能够拯救这个世界。”

乔晋记得罗奚娜也说过类似的话，可亚里亚灵境里到底有什么东西竟会如此重要？

【秦蕊篇】

“成为 18 队的成员，需要做的第一件事就是丢掉你们身上所有的智能产品，现在把你们的面具拿下来。”帅气的领队说道。

因为戴太久面具，所以每个人拿下面具时都有点迟疑。

14 号拿下面具，这是秦蕊第一次看见她完整的面貌，她有些意外。因为 14 号和她想象中的草原女孩并不太一样，她有一张和芭比娃娃一样可爱的圆脸，五官很有层次感和立体感，更接近欧美人长相。一头黑色的长发编成小辫子，黑色的眼瞳闪着水灵灵的光芒。

副领队拿着一个箱子将他们的面具收了上来。

“现在我念到号码的上来做自我介绍。”领队看着眼前的人，点这名道，“14 号。”

14 号急忙站起来，因为太快迅速而差点撞倒椅子，其他几个人都吃吃笑着。

“我……我是 14 号，来自内蒙古大草原，你们可以叫我阿斯茹。”14 号挺直后背说道，说完后她看向了领队。领队点了点头，她这才松口气三步并作两步地跑回座位上。

其余人也相继走到长桌前面对众人做自我介绍。

等所有人介绍完后，领队也站了起来，大家都用好奇的目光望向他。

“有人叫我辛克，有人叫我克里斯，也有人叫我黑乌鸦。我有很多个名字也有很多个代号，但这些都不重要。你们只需要记住从这一刻开始，我是18队的领队。”领队说完后，他将副领队推到前面，“该你了。”

副领队挠着头发，用很小的声音支吾道，“我，我叫李戈。”说完以后就没了声音。

领队稍微皱了下眉头，然后又舒展开道：“李戈是队里的技术员，也是你们的副领队。”

李戈咕哝了一句什么，但没有人能听清楚。秦蕊觉得他看起来似乎很委屈的样子。

领队没有理会李戈，重新开口道：“这是你们留在这里的最后一天，明天早上8点，到门外集合，我们要开始执行任务。”他转身对李戈说，“接下来的事情就交给你。”

李戈急忙点了点头。

领队离开后，李戈从旁边的箱子里拿出了几件包装好的衣服。

“这是18队的队服，还有配枪。”李戈有点情绪低落地说道。分完队服和配枪后，李戈说道：“现在你们可以回去了。”

离开办公室的时候，正好是饭点时间。

阿斯茹陪同秦蕊一起到了食堂，在食堂吃饭时，阿斯茹又恢复到兴奋的状态，拉着秦蕊不停地唠叨着她们那位又帅气又严厉的领队。

秦蕊的脑海里也一直出现那位领队的身影，但是对应的是她也总是想起那个在比赛前一晚鼓励她的9号。那时候她没有看清楚9号的长相，但是他的身影和领队确实很像。秦蕊摇了摇头，不，9号是一位新兵，不可能是军官。

“秦蕊，你在听我说吗？”阿斯茹的手在她眼前晃了晃。

秦蕊回过神来，微微笑了笑：“啊，抱歉，我有点走神了。对了，你有没有见过新兵里有一个 9 号？”

“9 号？”阿斯茹重复了这个号码，做出沉思的样子，她目光望向了前排，“好像没见过有 9 号，也许第一轮就被淘汰了吧。不过……你看一下，那个是不是我们的副领队？”

秦蕊朝她目光所及的地方看去，坐在他们前排的确实是李戈，李戈的旁边似乎还坐着和他们同一个队的队员。

“欸，我们去打个招呼吧。”阿斯茹兴奋地拉着秦蕊。

04 正式的任务

她们两个还没走到李戈身边，就听到李戈在对队友们唉声叹气：“长得帅有什么用啊，我可真够倒霉的，被分配到这个老古董的手下，技术员这层身份算是废了，以后除了端茶送水，估计我也没什么可做了。”

“他看起来除了严厉点，也没什么吧。”旁边的一个女生说道。秦蕊认出来那是 18 队里的赵茜，领队进来的时候她是欢呼最热烈的，长相属于娇小可爱的类型，但是动作很灵活，就是有点小花痴。

“你们知道他为什么被叫作黑乌鸦吗？”李戈颓丧地看着身边的几个队友，慢悠悠神秘兮兮地说道，“他每次领出去的队伍至少都得死一半，所以大家都说他是死神代言人，在他的队里就和黑乌鸦一样预言倒大霉。还活着的回来后也基本都申请调队。”李戈摇了摇头，“他领的就是敢死队，专门往最危险的地方走。就以前还好，据说自从他未婚妻死后，他就性格大变了，很不近人情，什么高科技产品都不让带，一提和智能沾边的事他就生气，别提有多古怪了。”

“还有这种事啊……”旁边的一个男生眉头紧皱着，这是 18 队的唐毅，虎背熊腰身强力壮，力气很大，一双剑眉直入鬓角，很有当兵的潜质。

“哼，贪生怕死！”在他们的身后有一个看起来很高冷的女生，身材姣好，扎着利落的马尾，肤色偏白，但眉宇间很有英气。

“说谁贪生怕死呢！”另一个队友唐佳佳咽下口中的食物，一只手抓着鸡腿，另一只手拍着桌子说道，她和唐毅是兄妹，长相有几分相似，身材圆润，只是说话时还不忘啃一口鸡腿，十足的吃货。

高冷的女生也是 18 队的成员，秦蕊记得她自我介绍时说过，她叫慕容婉，是原来的 97 号，秦蕊之所以记得她的号码也是因为她在各项训练中每次排名都是前五名，是个不容小觑的人。

“能够进入这样的队伍，你们应该以此为荣。”慕容婉说道，“你们知道有多少人想要赶赴前线，替死去的亲人报仇？又有多少人想要深入血魄腹地，找到解救所有人的办法？在你们说话的这片刻间，世界各地因为血魄攻击而去世的人正在不断增加，无论是我们的领队还是上层人员，都在绞尽脑汁，如果你们真的因为这种传言，就对我们领队失去信心，我劝你们现在就申请调队吧。”

慕容婉的话不仅让 18 队的成员哑口无言，也吸引了周围不少人的目光。

但是她根本不屑于这样的目光，只是自顾吃完自己的午餐，然后拉开椅子，起身离开了食堂。

秦蕊望着慕容婉离开的背影，她其实很敬慕慕容婉这样既出色又洒脱的人，可是又有多少人可以到达她那种高度？

在食堂里的 18 队成员没有人再说话，大家都默默地吃完自己的午餐。

李戈离开的时候，秦蕊追上去叫住了他。

“你是？”李戈打量着她。

“我叫秦蕊，是18队的成员。”秦蕊说道。

李戈想了一下，好像刚想起来：“你找我有事吗？”

“请问你知不知道新兵里的9号，有被选进血盟军吗？”秦蕊急迫地问道。

“9号？”李戈似乎很意外，他看了一下秦蕊，“你没有去看那些新兵入选名单吗？”

秦蕊以为李戈是怪她自己没有去看名单才这么说，她带着歉意道：“抱歉，新兵考核时，我昏迷了一阵子，醒来后就被安娜带到了18队的办公室，我还没来得及……”

“哦，我想起来了，你和14号。”李戈打断她的话，他的样子看起来仍然很颓丧，他往食堂打量了一下，“喏，那里就有一个查询平台，你去看看就知道了。”

秦蕊朝他指着的方向看去，看到了在食堂左侧靠墙有几个类似柜员机的机器。她转过身想感谢李戈，但他已经拖着有些沉重的步伐走出了一段距离。

阿斯茹还在和那几位新成员聊天，秦蕊走向了那些机器。

机器的页面上有几个选项，系统不时地弹出提醒，教她如何操作。秦蕊输入了9号但是系统提示没有9号的记录。她又重新查看了一遍入选的血盟军，同样没有9号。秦蕊叹了口气，也许真如阿斯茹说的，9号已经被淘汰了，原本还想感谢一下他，看来是没有机会了。

“你在干什么？”阿斯茹从远处走到她身边问道。

秦蕊和她在回去宿舍的路上讲述了9号的事情，阿斯茹听完之后也似乎对这个9号感到很好奇，因为在她的印象里，从第一轮考试到现在，她也没有见过有人腰间是写 9 号的。

第二天早上 8 点，血盟军 18 小队经历了在食堂的风波后再一次聚在一起。

经过第一次共识，他们现在私底下都称呼他们领队为“黑乌鸦”。副领队今天仍然一副丧气样，和黑乌鸦的正气凌然形成鲜明的对比。

他们领队今天换上了和他们一样的队服，队服很修身，同时在心脏等重要部位都使用了一种特殊的材质，表面如磐石一般，里子柔软，且冬暖夏凉，在肩章的位置上绣着数字 18。不过有些格格不入的是黑乌鸦的后背还背着两把长刀。

在黑乌鸦的指示下，副领队为他们分发了带着救急物资的背包和每人一个无线电呼叫器，并且教给他们简单的使用方法。

秦蕊很疑惑，在亚里亚基地随处可见高科技产品，可是领队却选择了最古老的武器两把长刀和无线电呼叫？他们的领队果真如传言所说的那么古怪吗？

大家拿着笨重的无线电呼叫器，除了完全服从指令的慕容婉，其他人都是面面相觑。不过看到黑乌鸦的脸色，没人敢提出疑问。

黑乌鸦带领着小队走了一段路，来到了不远处一片空地上，那里停着一辆武装直升机，机长是秦蕊认识的那位非裔黑人，他们陆续上了飞机上，副领队关上了舱门。

飞机起飞后，阿斯茹紧紧地抓住秦蕊的手臂，脸色变得苍白。

“黑，咳，领队。”唐毅摸了摸鼻头，忍不住问道，“我们这是要到很远的地方吗？”

“我们要到边境的一个小村落。”黑乌鸦面无表情地说道，“之前的部队在那里遭到攻击，把关于血魄起源的线索弄断了。到了那里之后，听我的指示。”

“那里会有血魄吗？”赵茜有点花痴地看着黑乌鸦的侧颜犹豫地问道。

黑乌鸦的目光移到她那边，“你该问的是那里的血魄多吗？”他翻开了随身带的笔记本，“据调查回来的人员报道，目前观察到的有三只，但很可能数目并不止这三只。”

“太好了。”慕容婉握拳说道，但是看到其他人的目光后，她收起了脸上那种跃跃欲试的表情。

黑乌鸦只是摇着头冷笑了一下，他合上笔记本，塞回胸前的口袋里，他在众人的脸上扫视了一眼，然后将目光停留在秦蕊身上：“你们可能都见过血魄攻击人的样子，它们随处可附身。但在我们的小队里，有两位新兵和血魄真正交手过，在去那里的路上，不如让这两位新兵好好地给你们传授下经验。”

黑乌鸦的语气让秦蕊猜不出他到底是在讽刺，还是真的打算让她和阿斯茹开口。原先她还认为黑乌鸦和 9 号的身影很像，可现在她一点也不觉得他们相似。

“这个……”阿斯茹看向了秦蕊，见秦蕊没有开口，她便说道，“那件事是我的错……”

“其实一开始，我们根本不知道考核场地混进了真正的血魄。”秦蕊原本不想开口，但阿斯茹似乎打算将自己带进父亲的遗物的事说出来，她不得不掩饰过去，那件事阿斯茹已经告诉过教官们，根本没必要让她再带着歉意和 18 队的成员一起行动。“那只血魄附身在树藤中掠走了当时一位新兵，引诱我们进入了树林里，子弹对它们毫无用处，只能暂时粉碎树藤，但伤不了血魄，我们能够逃脱完全是侥幸。”

被秦蕊的话一带，阿斯茹立马又记起当时的情景，她突然自言自语地说道：“是荆棘花！”

“荆棘花？”唐佳佳好奇地问道，“什么荆棘花，是吃的吗？”

原本根本不屑听故事的慕容婉这时也被阿斯茹突如其来的这么一句话给吸引过去：“《亚里亚神鉴》里提到过的圣人在伊雪手心画了荆棘花，血魄无法附身。你的意思是当时你们也这样做了？”

“没错，当时秦蕊告诉我们在手上画荆棘花。”阿斯茹急忙说道，“后来在树洞里，我们遭到血魄的攻击，秦蕊也是在我们的掩护下，帮大家画荆棘花。后来不知道怎么回事，那些血魄就停止攻击了，我们才趁机逃了出来。”

“可是，如果画荆棘花有效，为什么在训练时，我们的教官从来都没提过呢？”赵茜望向了黑乌鸦和副领队。

副领队耸了耸肩：“我只在技术部门工作，从来没听过什么荆棘花。”

黑乌鸦仍然盯着秦蕊：“画荆棘花如果有用，我们也不会牺牲这么多人。你们认为像书里这么明显的提示，我们会没有尝试过？”

“也许是画的方式……”阿斯茹急忙说道。

“亚里亚成立于五年前，我们尝试各种方法的次数绝对超过你们想象，画荆棘花是他们最早尝试的一种方式，而且每一年我们仍然会做尝试，然而那根本毫无用处。”黑乌鸦说道，“现在我们到目的地了，准备降落吧。”

“什么？”阿斯茹望向窗外，在他们的下方已经是另外一番景色，延绵的热带雨林中可以看到几处炊烟上升，几个建筑群在林中屹立着。

直升机在一块空地上降落，他们陆续下来后，直升机便又迅速开走了。

05 不幸的姐妹

黑乌鸦从背包中拿出地图分发给他们，指给他们看他们即将要到达的地点：“从现在开始没有我的命令不得擅自离队。”

“领队，在亚里亚基地的时候，我们不是有很多高科技设备吗？我们为什么不能用那些？”唐毅拿着地图各个角度倒换着，已经用惯了高科技的导航功能，现在让他们再去适应最原始的看地图，实在很不方便。

唐毅的话刚说完，黑乌鸦就像被人从后背捅了一刀，一下子整个人都怔住了，他转过脸来，脸色变得非常可怕：“从今天开始，谁也不准再问问题，只准服从！”

“可是……”唐毅还不服气，副领队急忙拦住他：“在这里我们需要团结。”

秦蕊观察到，这时候慕容婉也皱起眉头，看来她一直觉得副领队的话不可信，可是亲眼所见后，她也产生疑虑了。

刚才从直升机上往下看时，秦蕊和其他人的感觉一样既陌生又紧张。可是当他们穿过茂密的雨林，走到村人开辟的道路上时，她突然觉得有种异样感。

秦蕊想起了以前看过的一篇心理分析，每个人的一生中都会碰到突然萌生的奇怪感觉。在看什么东西的时候，会突然意识到：这件事曾经发生过，我曾经到过那里……在那一瞬间，大脑给我们发出一个信号，说是它认出了发生的事。这种现象便称之为记忆错觉，也称回忆幻想。

而现在秦蕊就有这样的感觉，她觉得这里的一草一木都似曾相识，可是无论她怎么搜肠刮肚也想不起来什么时候到过这样的地方。

从小到大，她都没有去过多远的地方玩，父母经常吵架，就算是偶尔的一次出外游玩，也只是到镇上的公园或者远一点的某处景点参观。

像这种热带雨林里的古村落，怎么想也不可能来过。

“现在我们要到上一批队伍在这里设置的联络点，在那里会有人接应我们。”黑乌鸦在前面说道，“大家紧跟上我，周围有什么异样要及时报告。”

“秦蕊，你在看什么？”阿斯茹从后面催促着她，“赶快走吧，别真的掉队了。”

“好。”秦蕊应答着，急忙跟上，这里给她的感觉实在太熟悉了，在她的脑海里隐隐约约有些影像浮现。

她记得有个白发苍苍的老头抱着她从这条小路上走过，他似乎对她说过很奇怪的话，像是在警告她，抑或是想告诉她什么。他好像说过让她去看望还是去找他。秦蕊越想越觉得头疼，她能记起来当时的一些画面，那个老头子看起来一脸的哀愁，她觉得那是很重要的事情，可就是想不起来。

从那条路离开后，周围的场景又变得陌生起来，秦蕊觉得自己可能把以前去过的地方和这里搞混了，她决定不再去想那些画面。

【乔晋篇】

罗伊走后，乔晋在房间里思考着她告诉他的那些事情，猫先生说过在这里他才可能帮得到秦蕊，可是这些事情和秦蕊又有什么关系呢？秦蕊为什么会在一个像军事基地一样的地方，这些疑问都困扰着他，让他无法平静下来。

乔晋望向墙上的时钟，已经是夜里一点半了，在这里怎么思考也没用，他决定还是先好好地睡上一觉，也许到了明天，他就会知道该怎么做。

乔晋觉得自己做了一个很长的梦，梦见了他和秦蕊还是小时候的样子，他说要出去外面买点东西，秦蕊在家里等他回来。可是当他走出房子后，回来时却怎么也找不到房子，明明记得那些回家的路，可感觉越走越远，怎么也到达不了。

乔晋醒来时，梦里的那种焦虑和失落仿佛还残留着。他看到房间墙上有个影子，一开始他以为是窗帘的倒影，可是那个影子渐渐地变成人的形状。

他吓了一跳，从床上坐起来。

“嘘。”有人在他旁边说道，“别害怕，是我和我妹妹。”

乔晋透过月光，看到罗奚娜坐在床边，可是他看不到她妹妹，突然他意识到墙上的那个影子显然不是罗奚娜的。

“奚南别玩了，过来这边。”罗奚娜对着墙上的影子说。

那个影子渐渐萎缩下去，乔晋看到影子慢慢朝他们移动过来，最后慢慢恢复成一个缠满绷带的人类女孩。

“我妈妈来找过你了吧？”罗奚娜压低声音说道。

乔晋不明白为什么罗奚娜要显得这么偷偷摸摸的，他不耐烦地说道：“你们母女搞什么鬼，就不能让我好好休息一下吗？”明明说过给他时间考虑，结果根本就没有给他时间。

罗奚娜却一点也不生气，只是露出一个和白天不太一样的带着愧疚的微笑，“我知道你现在一定觉得我们都是疯子。”她看着罗奚南，“如果不是为了我妹妹，我也不想这么做。请你一定不要相信我妈妈说的任何一句话。”

乔晋盯着她，简直要怀疑自己是不是产生幻听，最后他重重地叹了口气：“都这个时候了，就不要给我唱黑白脸了，你们想让我做什么，我都答应行了吧？现在让我好好睡一觉。”乔晋说完就要倒头睡，但是罗奚南用绷带勒住了他的脖子。

乔晋扯着绷带，可越扯越紧。

“奚南，够了！”罗奚娜用命令的语气道。

绷带抽了回去，乔晋这才喘上气，他摸着脖子，问道：“你们想杀死我吗？”

“哼，你的命还是我救的呢，忘恩负义的小人。”绷带女孩双手叉腰说道。

乔晋想起来在他昏迷期间迷迷糊糊看到的那些舞动的绷带，难道那就是罗奚南？这么说，当时她一直和他待在一个房间里，所以他逃走的时候，也是罗奚南和他说的正确路线。

“想起来了吧？”罗奚南用稚嫩的童音说道。

“可就算你之前帮了我，现在又想杀了我，我到底做错什么了？”乔晋不解地说道。

“奚南只是贪玩，她的心智一直都停留在九岁。”罗奚娜爱怜地抚摸着奚南缠满绷带的脑袋。

罗奚娜的话让乔晋愣了一下，他看着那个缠满绷带的小女孩，乍一看确实会被惊吓到。可是看到她的形态举动甚至说话都透露出一股天真的神态，突然又让人很心疼。

罗奚娜望向了乔晋：“我不能留在这里太久，我知道我妈妈一定告诉你很多她如何受到启示还有什么地球之母的召唤，但是那些都不是真的。以后，我会再找机会告诉你原因。”罗奚娜表情很严肃，一点都不像白天里那种带着某种魅惑的神态。

她说完后看了一眼墙上的时钟，“我得走了。”她站起身，将手放在乔晋的肩膀上，“她看你的时候，你只要在心里哼着歌，她就不知道你的想法。你一定要牢牢地记住这一点，不要让她知道你在想什么。”

“等一下，你还没有告诉我为什么我不能相信她？”乔晋追在她身后来到门边。

“我会告诉你的，但不是现在。”罗奚娜似乎很在意墙上的时间，“我真的得走了，还有一点你得记得，白天的时候不要提到晚上的事，不要让她看到或者知道你和我在晚上见过面。”临走时，她重重地捏了下他的肩膀，“记住我的话，暂时不要想着离开，相信我，我会帮你离开这里。”

罗奚娜离开了，而罗奚南也跟在她的身后，不时回过头来朝他挥手。

乔晋目送着她们消失在走廊尽头，他忘了空荡荡的走廊，如果现在离开的话，有没有可能逃走呢？不过他又想起罗奚娜刚才的话，迟疑了一会儿后，他还是回到了房间。

在床上又睡了几个小时，乔晋被窗外的汽车喇叭声吵醒了，他揉着头发，走到了窗户边，透过栏杆，他看到外面有一辆大货车开进了院子里，几个壮汉正在卸货。乔晋很好奇，他们在搬的到底是什么东西？

可他只看到了从货箱里推出来一个用黑布盖着，目测有一米高的四方形物体。

这时候门外响起了敲门声，乔晋喊了声进来。

一个大汉推着餐车进来，他打开了其中一个餐盖，“这是你的洗漱用品。”然后又打开另一个，“这是早餐。”

将东西放在桌子上后，他就推着餐车离开了。

乔晋在房间的洗浴室里梳洗了一番，又吃过了早餐，他走到门边，打开了房门，在他的门外两侧站着两个大汉。

他打量他们一眼，说道：“带我去见你们的地球之母吧。”

“你应该称呼她为罗伊女士。”其中一个大汉说道。

乔晋掏了掏耳朵：“行啦行啦，反正你们知道我说的是谁。”

也许是经历了够多的心理起伏，也许是和莫俪恋情的结束，似乎牵挂着他的现实也已经走远了，他的世界再也不可能平静，现在乔晋决定正视自己内心的另一部分，既然这一切都这么疯狂，那么他就疯狂一次吧。

不知道为什么一旦接受了这一点，乔晋觉得初中时期那种中二热血的感觉又沸腾起来，他的内心对于未知再也没有恐惧，而是一种热切地想要挖掘出真相的欲望。

第六章

门后是一条有点阴森的走廊，四壁铺着冰冷的石砖，墙上的电灯发出微弱的光芒。罗奚南一直紧紧地挽着乔晋的手臂，将头紧贴着他的身体。

01 灵境的指引

“看来你已经完全想明白了。”罗伊坐在一间办公室里，她转过旋转椅，吩咐秘书端上来两杯黑咖啡。

乔晋发现她在看着他，心里立马哼起歌来，“我有一只小毛驴，从来也不骑，啦啦啦啦……”虽然记不住歌词还是乱哼着。

罗伊的眉头微微皱起，但乔晋不知道她现在看到的是歌词还是别的什么。

她没有提出疑问，而是请他坐下来。

“我确实想明白了，但是我在亚里亚灵境只见过猫先生，还没有去过其他地方。”乔晋说道，同时也避开了她的目光，“我无法确定可以帮你们找到。”

罗伊将一份文件从柜子下拿出来，在他面前铺开。

“你可以先看下照片。”罗伊指着图片说道。

乔晋看了眼图片，第一张是绷带，第二张是一个沙漏，第三张是一面镜子。看起来就像很平常的东西，也没有什么艺术美感。

“你确定这就是你们想要找的东西？”乔晋反复地看了照片后问道。

罗伊点了点头：“你可以询问猫先生，这些东西的下落。”

“那么，我现在就进行吗？”乔晋将那枚硬币从口袋里拿出来。

“是的，我希望你在我们面前进行。”罗伊说道，“说实话，我一直对你和厄禹是怎么进入亚里亚灵境感到好奇。我一直相信如果能解开这个谜题，将会对我们有所启示。”

乔晋看了一眼办公室的罗伊和她的秘书，然后耸了耸肩，开始翻转硬币。

翻完第三回时，他看到眼前的罗伊和秘书一下子消失了，他突然觉得很高兴。在同样的地方，却只有他一个人，不需要担心盖亚门徒那群人，浑身也轻松了不少。他自在地伸了个懒腰，然后又有点好奇地往罗伊坐着的椅子上坐下去，转了转椅子，还蛮好玩的。

乔晋玩够了便离开了办公室，打开门后，立即回到了通往亚里亚灵境的熟悉大道。

当然他可没忘了给猫先生带食物，早餐时他就偷藏了一点面包。他不信任罗伊，自然也不会告诉罗伊这一点。

这一次猫先生直接坐在路的尽头舔着爪子，看起来像在等他。

“你的样子看起来和之前不太一样。”猫先生眼神锐利地打量着他。

乔晋微微一笑：“是啊，一夜之间我好像想明白很多事了，你说过镜子里的我也是我。现在我明白了，每个人其实都有很多面，只是大多数时候等了一辈子也等不到机会去展示自己的另一面。我不应该逼秦蕊去改变她自己，其实那根本不是为了她好，只是我想让她变得和我更接近，让她融入我的世界。”

猫先生不会笑，但是他的眼睛里透着笑意：“现在的你变得和她更接近了。”

“是啊，如果真的有灵魂的分类，估计我和她本来就是一类的，只是处境改变了我们。”乔晋坦然地说道，“现在的处境让我变得和她更接近了，可惜我们没能在一起。”

“你觉得遗憾吗？”猫先生问他。

“遗憾？”乔晋看着天空，然后看向猫先生，“可能有一点吧。我一直很担心秦蕊，总是觉得她有危险，可是……其实她没有危险对吗？”

“她可以自己应对那些危险。”猫先生说道。

乔晋露出一个苦笑：“我早该知道了，这是她自己的选择，如果我当时能够冷静下来，好好地看那条短信，我就应该明白，她其实……只是想离开我。”

乔晋坐在猫先生身边，陪着他一起吃面包，这次猫先生并没有因为食物而生气。

“你应该知道，我这次来，带了任务。”乔晋等猫先生吃完面包，才再次开口道，“我加入盖亚门徒了。”

猫先生梳理着胡子：“你没有加入。”

“对，我只是假装加入了。”乔晋说道，“他们让我来找东西，可我不想帮他们找，我想知道他们的真正目的是什么？”

“看来你既不信罗伊也不信罗奚娜。”猫先生打量着他。

“可我信你。”乔晋说道。

猫先生那双圆圆的猫眼望着他，像在沉思，“如果你相信我，那就走进去。”他望向了巨石阵深处那一片迷雾中。

“那里面有什么？”乔晋望着迷雾，他想起了《亚里亚神鉴》里的故事，伊雪进入亚里亚灵境之后，遇到了不少怪物，其中一种名为血魄的变异生物，一直是他小时候的噩梦。

“进去之后，你会看到厄禹所看到的一切。”猫先生说道，“也可能今天就是我们的最后一次会面了。”

乔晋和猫先生对视着，似乎这是一场对垒，想要分辨个胜负。

最后乔晋打破了对视说道：“如果是前几天，我也许会退缩，但是现在我无法抗拒内心的声音。”

乔晋站起身来，扫了扫自己的裤子：“我要走了。如果这是我们最后一面，我能不能抱下你？”

猫先生似乎犹豫了一下，然后才跳到他怀里，像一只正常的猫那样蜷缩成一团毛球。

乔晋稍微抱了下他，然后将他轻轻地放到地上：“谢谢你，猫先生。”

说完之后，他便在猫先生的目送下走向了巨石阵。

猫先生的目光一直追随着他进入迷雾之中，他的眼睛闪过一丝笑意。

随着越深入巨石阵，乔晋眼前的道路也越看不清，他只能摸黑前行，等他再也摸不到石柱时，他发现脚下已经不是干净的地面，而是松土。

眼前的迷雾也渐渐散开，展现在他面前的是一面巨大的石门，上面写着“亚里亚灵境”。

乔晋将手放在石门上，但是根本推不动。他回想了一下，开口道：“亚里亚库克，斯库特斯。”

石门应声而开，发出了轰隆隆有如地震的响动。

随着石门打开，眼前是一条鲜花大道，两侧繁花似锦，通往远处美丽的摩天轮公园。这里就如同厄禹的书里所写，乔晋能够感觉到伊雪的经历正在自己的身上发生着。

一只蝴蝶飞到了乔晋的肩头："你好，勇士，我们已经等待你许久了。"

"你……你好。"乔晋不太敢置信地盯着肩头的蝴蝶。

"这里原本是个美丽的小镇，可自从邪恶博士来到之后，不断地创造出可怕的怪物，被怪物咬到的人也相继变成怪物。"蝴蝶哀伤地说道，"我原本不是一只蝴蝶，可邪恶博士把我抓进了笼子里，将我的身体和蝴蝶的身体对换，现在我无法回家，更无法和家人团聚。"

随着蝴蝶的讲述，乔晋也一点点记起书里的内容。

书中的伊雪正是为了帮助小镇的居民，才不得已陷入曲折的旅途中。

"亲爱的勇士，请帮助我们恢复原来的生活吧。"几只蝴蝶在乔晋的头顶飞来飞去，而一旁的一群土拨鼠和一群兔子也跑了过来，哀求着乔晋。

"可我不知道该怎么帮助你们。"乔晋说道。

一只小鸟叼来了一个沙漏："你只要在 24 小时之内到达摩天轮，就可以进入到邪恶博士的实验室里，在那里有个总开关，只要破坏总开关，博士就不能再制造新的怪物，而那些被变成动物的人也能回到自己的身体里。"

乔晋接过了那个 24 小时倒计时沙漏，他突然觉得这个沙漏和罗伊要他找的那个很像，以前他看书的时候怎么没有发现呢？不过现在并不是找东西的时候，他知道按照书中剧情，即使他能够顺利在 24 小时之内到达实验室，可是一旦他关闭总开关，实验室就会发生爆炸，邪恶博士也会失踪，而血魄将会被制造出来，那时候事情就更复杂了。

伊雪靠着倒计时沙漏重新回到起点，他不能按照故事剧情走，而应该先去树林里找到伊雪的导师，那位在她掌心画荆棘花的圣人。

虽然很多动物追在身后告诉他走错路了，但乔晋还是带着沙漏，开始往树林里走。

【秦蕊篇】

“到那里去……我会在那里等你……”

“不要走，不要留下我一个人……”秦蕊独自站在树林里，看着那个佝偻的背影越走越远，她想要追上去，却越追越远。在远处有个小木屋，她知道自己得去那里。可是当她快到时，却发现脚下的地面开始塌陷。

“秦蕊？秦蕊快醒醒。”

秦蕊睁开眼睛，看到了阿斯茹那张芭比娃娃一样可爱的圆脸。“我怎么……”她感觉到后脑瑟瑟发疼。

“我们遭到伏击了。”阿斯茹惊恐地说道，秦蕊看到她的额头有血迹。

没错，她记起来了，那时候在黑乌鸦的带领下他们走进了树林……

“我们快到了。”黑乌鸦看着树林分岔处的一块木制的路牌说道。大家都很高兴，没想到会这么顺利。按照地图标志，他们的联络点就在右边这条路的尽头。

走了一上午，大家都是饥肠辘辘，早就想找个地方休息一下，只是黑乌鸦一直让他们赶路，谁提出异议也没用。

眼看就要到联络地点了，他们都撑着最后一口气想快点走。

可是走没几步，黑乌鸦又突然叫他们停下，他观察着周围的树林，眉头微微皱起来：“为什么这么安静？”

经过黑乌鸦的提醒，秦蕊也觉得不知道从什么时候开始树林里似乎有些过于安静了。

“那里……是不是有个人？”慕容婉朝前面的小路望去。

看到黑乌鸦拔出了枪，其他人也都紧张地掏出武器。

“领队，那是我们的联络员。”副领队李戈按住黑乌鸦的肩膀说道，他拿出了联络员的相片。

他们看到那个联络员在向他们招手，要他们过去。

黑乌鸦虽然迟疑了一下，但还是收起了手枪，让大家跟上他。

联络员转身又走了，18 小队跟在后面，不久后，他们就看到了眼前的一间驿站。门口挂着亚里亚的标志。

联络员走得很快，等他们到达驿站时，已经不见了踪影。

02 危险的驿站

黑乌鸦走到驿站门口，门是虚掩着的。他推开门，看到了客厅的几张桌子上还摆放着冒着热气的食物，看起来应该是准备吃午餐，但是里面一个人也没有。

已经饿得快走不动道的唐氏兄妹一下子扑到桌子边，看着那些食物流口水，“领队，我们能不能先吃点？我实在太饿了。”唐佳佳对着盘子里的鸡腿流着哈喇子问道。

但是黑乌鸦始终很警惕地看着周围。

“这里的联络员不是只要两个人吗，怎么会准备这么多碗筷和食物？”慕容婉看着四张摆满食物的桌子说道。

“在来之前，我已经联系过这里的联络员，他们估计是推测到我们到的时间，才准备了接风宴。没想到这些联络员还蛮热情的。”李戈放下背包坐到椅子上，“他们肯定就在这附近，我们就在这里等等他们吧。”

“这里有些古怪。”黑乌鸦说道，他看着坐在桌子边垂涎三尺的

18 队队员们，说道，“没有我的命令，谁也不准动筷子。”

“我这有饼干，你们谁要？”赵茜干脆从背包里拿出了一包饼干，结果一下子就被抢光了，唐佳佳一口就吞掉了三块，吃完还是眼馋着桌上的食物。

“唐毅和慕容，你们两个跟我出去勘察外面的状况。”黑乌鸦道，“李戈，你带几个人进里面查看。记住不管去哪里至少要两人结伴，绝对不能单独行动。”

大家点了点头，全都装备上武器，黑乌鸦领着慕容婉和唐毅从门口出去，李戈将剩下的人分成两组，赵茜和阿斯茹留在客厅，他带着秦蕊和唐佳佳往内室走去。

李戈每次推开一扇门，他们几个都会神经紧绷，但是门外并没有什么异常，一路上，唐佳佳终于忍不住，问李戈道：“其实我一直有个疑问，既然血魄是这么可怕的生物，为什么会让我们这些没有怎么经过训练的人来对抗他们？为什么不使用正规的军队？”

李戈看了她身后一眼，开口道：“有些事本来不应该告诉你们。但是既然你有这个疑问，我也只能实话和你们说了。”

其实血魄不仅在中国有，在世界各地都出现过，各个国家也都设立有针对血魄的秘密基地，应对血魄的攻击事件，他们最早出动的都是正规军队。

血魄是国际性质的问题，各个国家也达成共识，对各自的研究互不干涉，并且对取得的进展进行资料共享。虽然不一定透明，但是还是看到不少有用的信息。E 国的人体实验，证明了血魄具有放射性，在攻击时会有辐射。一定概率下，会使人体发生变异。

而我国的研究数据也印证了这一点，在新兵甄选时，他们都经过了血液抽检，研究部门发现，在经历血魄攻击后的幸存者身上都会产生某种变异。

他们经过很多轮测试后,发觉血魄对幸存者变异的人会减缓攻击，那些幸存者在现实生活里也很少会再次遇到血魄。然而想要人为地制造出一批变异军队显然不太实际，他们无法确定是否在参与血魄作战后就一定能够存活且产生变异。反而是征召现成的变异幸存者进行短期训练的方案更能应急，不过，在此前提下，他们在选择新兵上依然十分谨慎，所以才会设置考核。

“当然，他们也不指望你们这些新兵能够与血魄作战，在前方与他们正面作战的仍然是正规军。招募血盟军的作用只以调查和收集资料为主。”李戈说道。

“可是既然这么多个国家都在参与，难道还没找到一种可以对付他们的办法吗？”秦蕊狐疑地问道。

李戈摇了摇头：“一开始我们以为它们的生长是单细胞分裂。可是后来进行跟踪，发现其实它们是卵生，有一定的潜伏期，很可能需要经过孵化。但是想要在它们孵化前检测到又非常困难。目前有几个国家捕获过血魄，他们使用一种非常稀缺的物质才能困住血魄。这种物质是最近两年从火星上带回的沙石中提取出来的，而且并不能杀死血魄，只能暂时困住。A 国曾经提出一个建议，想大量运回火星沙修围墙阻挡血魄。但是这个计划最后计算出来所需要的时间和精力实在太巨大，只能做备选方案进行。”李戈叹了口气，“自从血魄出现后，我们经过很多调查，最终才确定源头是在中国南海附近。但是具体最早开始于周边哪个国家仍然不好说。我们在中国的研究看似慢，但却很明确，我们一直在找血魄的起源。”

“血魄的起源？”秦蕊重复着李戈的话。

“我们那些领导相信只有找到源头才能真正解决问题。”李戈带他们走进院子，一路上又继续说道，“几个月前，我们在这片地区派出了一支军队，具体的调查听说是和最早的疑似血魄报道有关。派出的人也似乎得到很重要的情报。可惜那支军队还没把情报传回去就失去了联络。后来又空降了两个联络员，作为前锋部队进行勘察。但是他们没有找到那支军队，也没有找到那份情报，所以不得已才需要再增派人手，也就是把我们派来了。”

“这么说，要是我们能够找到那份重要的情报，那就相当于立大功了吧？”唐佳佳打了个响指。

但是李戈只是露出一个冷淡的笑，他看起来一直没什么干劲：“要是我，就只求能全身而退。”

秦蕊思考着李戈刚才的话，突然想起了 9 号曾经和她说过编号 0 是最早受到血魄攻击的幸存者。那么这份重要的情报会不会和编号 0 有关系呢？她叫住了往院子里查看的李戈，询问他道：“你有没有听过编号 0 的故事？”

没想到李戈却浑身一震，他疑惑地看向秦蕊：“你是怎么知道编号 0 的？”

“就是听一位新兵说起过。”秦蕊回道。

但是李戈露出一个不屑的笑容，“你别骗我了，能够知道编号 0 的人绝对不可能是新兵。我记得你上次也问了我一个问题，关于 9 号……”

但是秦蕊还没能听到关于 9 号的事情，外面就突然响起了枪声。

“快离开房子！我们中埋伏了！”黑乌鸦的声音从远处传来。

接着阿斯茹的尖叫声也从房子里传来。

在后院的李戈、秦蕊和唐佳佳急忙往客厅赶去，等他们到时，发觉地面上一片狼藉，桌子椅子都倒在一边，赵茜和阿斯茹两个人都不见了。

“啊！”身边的唐佳佳突然大叫一声，指着房顶。

李戈和秦蕊抬起头看去，发现在屋顶的角落里结着一张大网，阿斯茹和赵茜都被厚厚的蜘蛛丝裹住了，发不出声音来。

“小心！”李戈推开了秦蕊，一只有一米高的蜘蛛腿从中间劈了下来，李戈被撞到一边。

秦蕊滚到了旁边的一张桌子下，她看到了一只硕大无比的蜘蛛，而仔细看去，那竟然是无数小蜘蛛所组成的，在蜘蛛的肚子部分有一团涌动着的红色液体。

“是血魄！”秦蕊捂住自己的嘴，初二时的那场事故突然变得清晰无比，那个打开的盒子里，也曾经涌动着相似的红光。那时候她根本不知道是什么，更不明白那些水里冒出来的其实就是血魄附身的水生物。

在她遭遇的两次事故里，她都没有多少惊恐，很大原因是因为她不知道面对的是什么，可是这一次。当她很清楚眼前的生物就是血魄时，那种感觉完全不一样了。李戈说过血魄会减缓对幸存者的攻击，但眼前的场景显然血魄是想置他们于死地。

唐佳佳藏在了另一侧的桌子底下,而李戈正在与大蜘蛛进行枪战。

秦蕊想起了在树洞里的场景，她从身后的背包里拿出了一支笔，在自己的掌心画上荆棘花，然后鼓起勇气从桌子地下跑出来，对着大蜘蛛开了几枪。

大蜘蛛停止了对李戈的追杀，转头往她这边走来。

大蜘蛛的速度实在太快了，很快就将爪子举到了她的头顶，秦蕊脑子一蒙，闭上了眼睛，将自己掌心的符号对着大蜘蛛。

唰，秦蕊感到一阵冷厉的风拂过。当她睁开眼睛时，看到了黑乌鸦手执长刀从蜘蛛的中心劈下，大蜘蛛被一分为二，分别倒向两边。

这一刻她才明白了，黑乌鸦为什么不选择带枪而是背了两把长刀。

“你是不是疯了？”黑乌鸦看着她，眼神非常可怕。

秦蕊看着自己手心的荆棘花，又看向大蜘蛛，她不明白为什么上一次有用，这一次却没用了呢？难道真不是因为荆棘花的原因？

慕容婉和唐毅已经将阿斯茹和赵茜从网上弄下来。

唐佳佳从桌子下爬出来，突然对着他们喊道：“领队！小心你的背后！”

秦蕊也看到了在他们背后被劈成两半的蜘蛛又开始黏合起来。

黑乌鸦急忙将秦蕊护在身后，他们两个人一起后退着。

不管用枪还是刀都杀不死它，而荆棘花图案也没用，那么他们不是必死无疑了吗？秦蕊第一次感觉到自己是那么渴望能够活着。

03 陨落的生命

“大家听我的命令。”黑乌鸦临危不惧地说道，“刚才我们在外面勘察时就发觉了不对劲，我这里有一些能够暂时困住它的火星沙，等下我一喊跑，你们立即跑出去，跑得越远越好，不要回头。”

“可是领队，你们怎么跑？”慕容婉搀扶着阿斯茹担忧地说道，他们几个都在大蜘蛛的背后，靠近门口想跑出去比较容易。但是黑乌鸦和秦蕊已经被大蜘蛛逼到了屋子内侧,想要逃走就必须绕过大蜘蛛。

“别管我们，你们先走，我自然有办法。”黑乌鸦说道，在与大蜘蛛周旋时，他让秦蕊从背包中拿出了写着“应急”两个字的盒子。

秦蕊打开盒子，看到里面的火星沙非常少，只有一小撮。黑乌鸦将火星沙抓在手中，他看了秦蕊一眼，秦蕊明白了他眼神里的意思，对他点了点头。

其实黑乌鸦根本没有办法，现在只能救其他人。

当他喊了跑之后，便将手中的沙子往大蜘蛛身上撒去，大蜘蛛在一瞬间仿佛受了惊，开始东倒西歪。

秦蕊能够听到阿斯茹一直在喊她的名字，但是慕容婉拖着她，不让她靠近。

其他人都从门口往外跑，但是黑乌鸦和秦蕊只来得及跑到房子的另一侧，大蜘蛛偏巧不巧地往门口的方向倒去。

“现在只剩下一个办法了。”黑乌鸦从背包里取出了一个黑匣子，“这是炸药包，威力足以将这间房子炸毁。待会儿你从后院跑，我一个人拖住它。”

“你还是把它交给我吧。”秦蕊有些颤抖地抢过炸药包，说道，“你是领队，大家更需要你。”

“你真的打算这么做吗？”黑乌鸦目光如炬地看着她，“我记得你说过，你的使命感让你想要追寻下去……”

“可是很多时候是没办法心如所愿的，不是吗？”秦蕊努力地克服着内心的恐惧，过去的她总是把一切理想化。虽然答应乔晋要有所改变，但实际上她最终也不过是当耳边风，仍然我行我素。秦蕊不知道是不是每个人在面临生死的时候，很多看不透的事情都会一下子看透。

“也许我们两个可以一起活着。”黑乌鸦突然说道，他将两把刀交到了秦蕊手中，“帮我阻挡它一阵子。”

秦蕊眨了眨眼睛，那两把刀比她想象的要重得多，但是她还没来得及开口，黑乌鸦已经抢过炸药包，一个翻身到了蜘蛛身边。

秦蕊没时间去反应，只能对着大蜘蛛的八条长腿一阵乱砍。

黑乌鸦纵身一跃，竟然骑到了蜘蛛的肚子上，秦蕊差点没惊出一身冷汗，但是她必须让大蜘蛛的八条腿无法分身，所以为了黑乌鸦，她使劲全力地挥舞着刀，黑乌鸦紧紧地扒住他的身体，他拿着绳子在摇摇晃晃的处境下将炸药包绑在了大蜘蛛身上。

他滚下来后，一转身接过了秦蕊手中的刀，将大蜘蛛的八条腿都砍了下来。

不过血魄的恢复速度也越来越快，刚砍下来一条，另一条又接了上来。

在他恢复八条腿的空隙中，黑乌鸦让秦蕊帮着他将旁边的桌子椅子踢到蜘蛛前面阻挡它靠近。等他们前面的桌椅累积得足够多时，黑乌鸦说道："我们需要尽可能远距离开枪引爆炸药包，你的枪法怎么样？"

"这个……可能不太好。"秦蕊抱歉地说道。

"拿好你的枪，如果你打不中炸药包，那我们两个就都完了。"黑乌鸦手执着长刀，在手中转了一下，"它恢复的速度太快，会追上我们，我需要再对它进行致命一击。等我转身跑的时候，你就开枪。"

秦蕊拿起了枪，但是她的手却在发抖。

"跑！"黑乌鸦对着她说道。

秦蕊在黑乌鸦阻挡大蜘蛛时，从旁边往门外跑出去，她可以从敞开的大门看到黑乌鸦挥舞着两把长刀，刀光凌厉。

她一直举着枪，但是黑乌鸦对她喊道："再远点！"

秦蕊又往后退了几步，黑乌鸦接连又砍断了大蜘蛛的几条腿，最后他将两把长刀交叉在一起，从两边像剪刀一样一刀剪去八条腿，然后转身朝门外跑。

"开枪！"黑乌鸦跑出门外时，喊了一声。

秦蕊对着炸药包开了一枪，但没有打中，大蜘蛛已经开始恢复了，她深吸了一口气，让自己整个人镇定下来，最后她目光紧紧地锁定了炸药包，用力地扣下扳机。

砰，一瞬间一股重压朝她袭来，她被一股无形的风推出了好几米，重重地撞在一块岩石边，觉得耳朵里只有嗡鸣声，心脏在怦怦乱跳着，无数的砖块、木头、钢筋向四周飞溅，大量的烟尘弥漫着，眼前的房屋顷刻间化作废墟。

“领队？”秦蕊听不到自己的声音，只感觉耳鸣目眩，她的额头在流血，但她还是四处寻找着黑乌鸦的身影。在浓烟中，她看到了不远处的那身黑制服。

“领队！”秦蕊将那个人翻过来，看到了黑乌鸦那张坚毅不屈的脸，她叫了几声，但是黑乌鸦仍然没有醒来。她将头贴在他的心脏处，幸好还能听到心脏的跳动声。

秦蕊将他的胳膊放到自己的肩膀上，将他搀扶起来，她望了一眼身后倒塌的房屋，不知道那只血魄会不会死掉，但是她不能掉以轻心，必须带黑乌鸦离开这里。

且不说刚才的战斗已经将她精力耗尽，想要带走一个昏迷的一米八的大个子，简直是一件折磨人的事情。秦蕊连拖带拽，又背行了一阵子，她自己也快晕倒过去了。

等走出了几百米后，她突然听到腰间的无线电呼叫器响了起来。秦蕊空出一只手拿出呼叫器，听到了一声熟悉的声音：“听到请回答，听到请回答。”

“听到。”秦蕊口干舌燥地说出一句话来，“是阿斯茹吗？”

说完这句话后，她终于无法站立，靠着路边的一棵大树坐了下来。她想要对着呼叫器再说点什么，但是她只感到眼前越来越暗。她看着身边的黑乌鸦，可是再也看不到他的脸。

等秦蕊再次醒来时，就已经是遇到阿斯茹的时候了。她在昏迷的时候曾经产生过一些混乱的记忆，但是现在她已经全都想起来了。

“领队呢？他还好吗？还有其他人，他们……”秦蕊往四周看去，看到了不远处在包扎伤口的唐氏兄妹，还有在生着火的慕容婉和赵茜。在一根倒下的枯木旁边躺着一个人，但是看身影并不像黑乌鸦。

“领队没事，只是被震晕过去一阵子，他醒来后就去发求助信号了。”阿斯茹说道，她的脸色有点苍白，“是副领队，他受的伤比较重。”

“李戈？”秦蕊感觉很惊讶，她记得李戈和其他人一起离开，当时好像没看到他受伤。难道是他推开她的那个时候……秦蕊站了起来，虽然身体有些不适，但还能走得动路，她在阿斯茹的搀扶下，来到了李戈的身边。

他果然受了很重的伤，背部有一道大口子，虽然已经用绷带包扎了一下，但还是把衣服浸染了一大片。

“我们的很多重要的物资都留在了那间驿站里。”阿斯茹愁云惨淡地说道，“没有足够的药可以止血。”

“怎么会这样……”秦蕊眉头深锁地看着受伤的李戈，这个时候她真希望自己能懂医学，随便找到能止血的草药也好。可是她看着树林里长着的野草，根本无从下手。其他人也都是如此，在现代社会里长大的孩子，能够依赖的太多了，便捷的百科查询功能，不需要思考的计算器，更为迅速的代步工具，打一针，吃一粒就能治愈的药……

实际上，秦蕊发觉她连李戈到底伤到哪种程度，会不会致命也并不太清楚。但是她真的很怕，她很怕自己只能眼睁睁看着李戈死去。

“副领队——”秦蕊想要抱一抱他，但是却害怕弄疼了他。

但是李戈却突然说起话来，反倒把她吓了一跳，他虚弱地说道：“帮我一下，把我扶起来。”

秦蕊扶着他坐起来，让他靠在自己的肩膀上。李戈的脸色因为失血过多而变得更加阴郁：“你是不是一直觉得我很没志气？”

秦蕊想要否认，但是李戈叹了一口气，气若游丝地继续说道：“我最开始来到基地的时候也像你们一样，充满干劲。觉得只要我出马，就可以结束这一切。可好几年过去，我仍然在技术部门，整天研究来研究去都是差不多的东西，我连一只血魄也没见过。有时候我都会想，也许事情远没有别人说的那么紧急，也许血魄也没有那么多。后来我就慢慢习惯了这种生活。听够了外面的血雨腥风，我开始觉得待在办公室也不错。”

李戈咳嗽了两声，秦蕊想让他不要再说了，但是李戈还是继续说道：“当我这么想的时候，却又突然接到命令。我等了这么久，终于可以出任务了。可我没想到会被调到这个队里。我只想安身立命好好当技术员，却偏偏碰上这么一个老古董领队。你说我这个技术员待在一个根本不需要高科技产品的队伍里，我倒霉不倒霉？”

“我不知道。”秦蕊说道，“但是我知道有你在这个队伍，我真的特别幸运。你一直很尽心尽力地保护大家。你不会有事的，等你休息一阵子，就会好很多了，等回去后，你想申请调队就去申请，领队会理解你，大家都会理解你。”

“是啊。”李戈抿了抿干裂的嘴唇，“我有些口渴了，你能给我倒杯水吗？”

秦蕊将他轻轻地侧靠在枯木边，然后到背包里找矿泉水。可是当她把水拿到李戈身边的时候，李戈已经倒向一边不再动弹了。

04 复生的作家

秦蕊愣了一下，急忙跑上去将他扶起来，她叫了很多声，李戈也没有回应。大家都围过去查看，最后确定李戈已经没有了呼吸。

“怎么可能……”秦蕊无法置信，她实在不能接受这样的事实，李戈怎么会就这样死了？刚才明明还好好的。

他死去的那张阴郁的脸和平时的阴郁毫无差别，让人根本感受不到他已经不在了。秦蕊觉得肯定是搞错了，也许他待会儿还会醒过来。

18 小队的人围坐在李戈身边，谁都没有说话。空气寂静得只能听见树上的鸟鸣声和草地里的蟋蟀叫。

黑乌鸦回来了，他看到大家的神态，似乎猜到了发生了什么。他走到李戈的尸体旁，测了一下脉搏。然后他起身说道：“我们得走了，到下一个联络地点，那里有药品，大家也需要休息。”

“李戈……怎么办？”唐佳佳眼眶微红地望着黑乌鸦。

“他死了。”黑乌鸦说了一句，“走吧。”

大家虽然有所留恋，但还是纷纷起身，只有秦蕊一动也不动。黑乌鸦拉起她，但是秦蕊甩开他的手：“他还没死，我要留在这里。”

“很好，你就在这里待着！”黑乌鸦生气地吼道，“其他人跟上我！”

“秦蕊，你别这样，你不能一个人待在这里。”阿斯茹想要扶起秦蕊，但是秦蕊像一只受惊的鸟一样蜷缩着身体，大声叫嚷着：“别碰我，我哪里也不想去！”

“阿斯茹，你也想待在这里等死吗？”黑乌鸦看着她们。

“我……”阿斯茹很为难，她看了一眼秦蕊，又看了一眼渐渐走远的队伍，最后她还是转过身，“对不起，秦蕊，等你想明白了，就跟上来吧。”

阿斯茹也走了，现在只剩下秦蕊独自待在李戈身边，眼泪不停地滑过脸颊，她觉得像回到了童年，满肚子的委屈。她真的太累了，她想要振作却根本没有力气，为什么李戈死了，其他人可以这么无动于衷？

“秦蕊，秦蕊……”她好像听到了乔晋的声音，“你什么时候可以长大啊？为什么你总看不到现实？”

“现实？现实到底是什么……”秦蕊的脑海里闪过过去的一幕幕。

你以为在这里哀悼李戈就能挽回他的生命吗？你以为一直留恋过去的美好，就能使时间停止吗？你以为遇到现实的打击，将头藏在翅膀里，就能躲避过去了吗？

你之所以留在这里，只是你没有勇气再走下去了，你太害怕了。哀悼一个人不需要牺牲更多的人，你想哀悼随时随地都可以哀悼，可是活着的生命才更需要你为之付出，他们需要你。

“不，没有人需要我。”秦蕊蜷曲着身体将头埋进手臂中，“连我的父母都觉得我是累赘，李戈也是因为我才受了伤，我什么也做不了。”

“这不是你的想法，这是你内心那个小孩子的想法，你的父母不是你的一切，李戈的死也不是为了你，只有你自己才能决定自己的价值和意义。你要相信你自己。”

起来吧，去找你的同伴，你知道该怎么做……

秦蕊抬起头，刚才的那一刻，她似乎真的能够听到乔晋的声音。可是树林里没有人，只有那些林立着的树木，原来不过是自己的想法罢了。

【乔晋篇】

乔晋越靠近圣人的地界，周围的树木越是高大无比，在那里有士兵把守着，但是乔晋就像拿到了攻略，很容易就躲过了士兵的搜索。这一切还得归功于他良好的记忆力，虽然亚里亚的剧情大都记不清，但是一走进这里就感觉像回到一个曾经来过的地方，乔晋只要仔细回忆就能够想起一些重要的细节来。

他向树下的牧童买了几颗彩色的种子，种下种子后，便能够从悬崖边长出一条通往对面的彩虹桥。可是当他从彩虹桥上下来，到达对面的平原时，却突然记不清接下来的剧情了，他向四周张望着，眉头微皱，他的内心升起一阵不安感，就在这时，身后的草原突然起了一阵大风，天空一下子变暗了。

乔晋抬起头，看到了一只巨大的爪子朝他抓来，他急忙蹲下身子往旁边滚去,他终于记起来在草原上有这么一只会飞的鹰身狗头巨怪，因为没有按照剧情走，他身边缺少了一位得力助手，会帮助他渡过难关的稻草人。

乔晋正想着该怎么避开这只巨怪，在他旁边的草地突然打开了一个地道口，“进来！”有个声音从里面喊道。

乔晋望了一下正在准备另一轮俯冲的巨怪，只能翻过身钻进地道里。

乔晋本以为自己会摔得很狼狈，但没想到他却掉在了一张舒软的床垫上。

在狭小的地道里，有个白发苍苍的老头穿着一身白袍子，坐在床垫的另一边打量着他。

“你是……圣人吗？”乔晋突然想起书里的那位圣人的装扮。

但是眼前的老头子看起来有点神经兮兮的，眼睛有点突出，脸上时常闪过慌张的神色，但是很快又平静下来。

“你是什么人，为什么会到这里？”老头子神色怪异地问道。

乔晋不记得故事里有这么个人物。如果是圣人，他应该会知道所有事情，而不应该问他是什么人。

“我需要得到帮助。”乔晋试探地说道。

老头打量着他，突然他看到了乔晋腰间别着的沙漏，他抢过了沙漏，看着里面缓缓流过的沙子：“原来你就是代替我的人，你剩的时间不多了，快，跟我来！”

乔晋听着老头说着谜语一样的话，可是明明还是在地道里，下一秒他们身处的地方就变成一间宽敞的地下室。

老头握住他手腕的力气很大，似乎害怕他逃走。可是每当老头开始摇头时，他们身处的地方就换了一个场景。最后老头终于点头，眼前的场景也总算固定在了一间点着薰香的房间里。

“你是怎么做到的？”乔晋本来不应该问这样蠢的问题，但是他还是忍不住开口了。说完后他又立即意识到亚里亚灵境本来就是一个魔法国度。

令他有些意外的是，那个老头说道："你看到的都是想象出来的，你也可以试试看，想象你眼前有一把椅子，来，试试看。"

乔晋半信半疑地望着眼前的地面，开始想象，没想到真的有一把椅子慢悠悠地出现在眼前。他有些兴奋地拿起椅子。

但是老人却叹着气，"你觉得这里是什么？"

乔晋有些不明所以地回他道："这里不就是亚里亚灵境么？"

"亚里亚灵境？"老人苦笑着，"那你知道我是谁吗？"

乔晋摇了摇头，也许对方是自己看过又忘了的一个角色。毕竟那本书里的角色很多，他不一定都记得。

"也许你已经看过这本书了，而我就是写这本书的人。"老人举起手，在他的凝视下，手中出现了《亚里亚神鉴》这本书。

乔晋有点吃惊地看着他："你说你是厄禹？"

"没错，我就是厄禹。"老人说道。

"可是你不是死了吗？"乔晋还记得当时看到的报道，而秦蕊更是目睹了厄禹自杀身亡的场面。

"我是死了，我在现实的肉体死了，但是我的意识还没有死。"厄禹说道。

"那你应该觉得很高兴才是啊？"抛开许多疑问，在乔晋的想象里，如果一个作家能够永远活在自己创造的世界里，那不是很令人兴奋的事情吗？可是厄禹的神情却有些让人看不透。

"既然你能够进入这里，你应该也明白了，这里不是我创造出来的。"厄禹看着他说道，"其实我和你一样，只不过是被人利用的棋子。"

"被利用？"乔晋反问道，"被谁利用？"

厄禹看向了上空，"我不能说，会被检测到的。"他突然用力地抓住乔晋的衣领，“现在在这里我就是圣人，我必须这样做才能存活下来。这里很危险，你不能留在这里。”

“厄禹先生，你还好吧……”乔晋看着他两只突出的充血的眼睛，那种眼神就像想要生吞活剥了他。

“不，我不是厄禹，我不是……”厄禹突然捂住自己的脑袋，拼命摇晃着，“我是编号0，我要出去……你得帮我，孩子，你帮帮我。”他突然又变得十分伤感，抓住乔晋的手，“孩子，你得出去。不要再进来了，扔掉那个硬币，然后去找一个人。帮我告诉他，他想的都是真的。”

“你想让我找什么人？”乔晋想要安抚下他的情绪，只能顺着他的意思问道。

“一位军官，一位正直的人，黑乌鸦。”厄禹望着前方，像在回忆着很久前的往事。

“黑乌鸦？你是说这个人的名字叫黑乌鸦？”虽然不知道厄禹为什么会在这里，但乔晋开始觉得他也许已经疯了。

“没错，黑乌鸦，他从来没有说错，是我太天真了。去找他，你的朋友会帮助你。那个小女孩，那个……我想我都明白了，我终于明白了。”厄禹抓着白发，“天啊，怎么会是这样？”

“厄禹先生，你还没告诉我，你怎么会在这里？”乔晋问道，“还有为什么会存在这样一个地方，这里是真实的吗？”

“真实？”厄禹突然哈哈大笑起来，“所有的证据都被她删了，我的助手也死了，硬币又落到你手里，如今只有我还苟活着。可是你做不到的，也许黑乌鸦也做不到。”笑完后，厄禹又突然伤感万分，“你必须走了，太久了，她会怀疑的。”

“谁会怀疑？”乔晋皱着眉头，他总觉得厄禹知道了什么，但是为什么不肯直截了当地告诉他？难道在这里，他还受到别的威胁吗？

“记住，你在这里就只是遭遇了圣人。”厄禹叮嘱他道，“按照剧情走下去，去实验室，在那里你会看到一些事情。离开这里，去榆树街 1088 号，在那里你会找到答案。”

厄禹说完之后，就打开了一道通往地面的地道，将他送回草原上。他在他的掌心画下了一个荆棘花：“记住我的话，要时刻心存怀疑。”

看着厄禹消失在大草原后，乔晋又重新回到了原先的剧情里，走向通往实验室的道路。

05 被囚禁的人

在实验室里，他找到了总开关，也看到了博士正在研制的病毒体“血魄”。他将几个正在制造怪物的开关关掉，虽然知道这些只是剧情重现，但是他还是感到紧张不已。他看到在实验室的桌子上放着一个铁盒子，那个铁盒子上雕刻着精美的花纹，在灯光的照射下闪闪发光。

他必须赶在博士午睡醒来前，关掉总开关，让小镇里的居民恢复原貌，但是自毁程序会激活血魄，伊雪必须和同伴们一起对付血魄。

书中的结局是很耐人寻味的，但是乔晋不得不按照剧情的发展去行动，否则他就无法看到故事的结局。当他启动自毁程序后，他跑出了实验室。

实验室在一阵大火中被烧成废墟,而里面的血魄也开始四处蔓延。

这时候，乔晋发现给他沙漏的小鸟停在他的肩膀上，伊雪最好的朋友——缠满绷带的稻草人也走了过来。在故事中戴眼镜的小女孩卢音拿着水管在灭火，还有喜欢恶作剧的琳娜拿着镜子在照着那些蔓延的血魄。

故事中的伊雪默默无闻地重复了许多次失败，才终于成为了一个优秀的战士，而她的精神也感化了小镇的居民，使每个人都更有勇气。乔晋看着镇上的每个居民都参与了进来，这时候天空突然出现一道光，那些光芒照在了废墟之上，血魄化作了烟雾。

手中的沙漏发出最后几声沙沙沙沙的声响，24 小时刚好用完了。乔晋的眼前也突然起了一片大雾，最终呼唤声渐行渐远，他闭上眼睛，当他再次抬起头时，看到了办公室里罗伊的那张脸。

“我去了多久了？”乔晋揉着太阳穴，感觉就像待在电脑前久了浑身都不自在。

罗伊看向桌子上的小时钟：“不到半个小时。”

乔晋揉了揉眼睛，他拿起了时钟：“怎么可能？我明明去了有……”不过他没有再说下去，从他恢复清醒的身体状况来看，确实不可能是 24 小时。看来亚里亚灵境的时间和外面是完全不同的。

“你找到了那些东西了吗？”罗伊狐疑地看着他。

“什么？”乔晋有些没反应过来，等他的目光到达桌上那几幅图像时，才啊了一声，“恐怕要令你们失望了，我并没有问到这些东西的下落。”乔晋移开了眼睛，悄悄地在心里用歌声掩饰自己的真实想法，“也许你们要另辟蹊径。”

罗伊似乎在冷笑，但是却没有生气：“好吧，总有办法的，不是吗？”

乔晋不懂她这句话是什么意思，对于罗伊竟然如此轻易地就让这件事过去，实在有点令他感到意外。

乔晋被两个大汉送回了房间休息，在走廊里他碰到了罗奚娜，她对着他妩媚地笑了笑，和昨天晚上看见的她简直判若两人，乔晋捉摸不透她到底是什么意思。

等到了房间后，他一颗悬着的心才终于放下来，这一场亚里亚灵境的旅行，并没有解开多少他心中的疑惑，反而增添许多令他头疼的问题。不过他没有告诉罗伊，在亚里亚他确实看到了和图画对应的东西，那就是剧情的最后一幕，沙漏、绷带、眼镜、镜子，这些不就是罗伊照片上的所谓神器吗？如此巧合的事情到底有什么寓意？

乔晋在房间里待了一整天，除了从外面送进来午餐和晚餐，他都没什么事做，实在闷得有点发霉了，他走到门边使劲地敲门，喊道：“我要见罗奚娜！”但是没人回应他，他转了转门把手，门又被上锁了，他气得起来踢了门一脚，但是除了把自己的脚弄疼，一点用处也没有。

他只好躺回床上，思考着脑海里那些悬而未决的问题。

半夜里他正睡得迷迷糊糊，恍惚看到从门缝下有个影子溜了进来。他顿时一惊，彻底清醒了过来。

“喂。”乔晋对着房间里悄声喊道，“是你吗？绷带女孩。”

“我叫罗奚南！”绷带女孩突然出现在他的床沿边。

“你姐姐呢？为什么今天一整天她都不来找我问话了？”乔晋急忙问道。

罗奚南舞动着手上的绷带：“怎么，一天看不到，你就那么想她？”

乔晋笑着拍了拍她的脑袋：“人小鬼大，我跟你说要紧的事呢。”

罗奚南摸了摸脑袋：“那只母老虎精得很，估计是白天看不透你想什么，就产生怀疑了，把我姐姐派了出去，我姐姐正在外面替她卖命呢。”

“你们姐妹两个不是听命于她吗？”乔晋不解地问道。

“我不知道她是不是看到了什么末日灾难，”罗奚南气鼓鼓地说道，“不过我可以确定她不是个好妈妈。可是姐姐告诉我，如果我不假装听她的话，我就会和那些笼子里的人一样，我不想和他们一样。”

“笼子？”乔晋想起他之前看过他们用货车载着一些用黑布盖着的笼子，那时候他还在想，那里面到底是什么。

“你如果不亲眼看到，你就不会相信我说的。”罗奚南有点委屈地说道。

“不，我相信你说的。”乔晋说道。

听到乔晋相信她，罗奚南似乎很高兴，她手忙脚乱地解释道：“我姐姐说过，那些笼子里关着的人都是不听妈妈话的人，妈妈会用很多可怕的方法让他们听话。”

“你知道那些人关在哪里吗？”乔晋问道。

罗奚南似乎犹豫了一下，才说道：“我想应该是在地下室里，那里常常传出可怕的怪叫。你想去救他们吗？”

乔晋点了点头：“你能帮我拿到钥匙吗？”

“我想应该可以，但是我害怕。”罗奚南抱住他的胳膊。

乔晋抚摸了下她的脑袋：“别怕，我会保护你的。等我救出那些人，我们就一起离开这个鬼地方。”

“还有我姐姐。”罗奚南看着他说道。

“好，还有你姐姐，我们一起离开。”乔晋和她拉了钩，向她做了保证。

罗奚南变成细长的绷带从门缝溜了出去，在她离开的时候，乔晋的心一直提到嗓子眼，担心会出什么事故。幸好过了一会儿，那个影子又溜了进来，手里还多了一串钥匙。她还向他传递了情报，门外的看守已经不在了。

乔晋陪着罗奚南一起来到了那间传出怪叫的地下室门前，他将那串钥匙试了遍，试到第五把时才总算打开了地下室的铁门。

门后是一条有点阴森的走廊，四壁铺着冰冷的石砖，墙上的电灯发出微弱的光芒。罗奚南一直紧紧地挽着乔晋的手臂，将头紧贴着他的身体。

拐过走廊，乔晋看见了一间宽阔的大厅，大厅的四周挂着不少刑具，还有个人双手和双脚都被绑在了一根石柱上。走进大厅时，罗奚南碰到了旁边的笼子，里面突然有个人伸出了一只脏兮兮的手。罗奚南啊了一声，然后又急忙捂住嘴。

乔晋摸到了旁边的电灯开关，一打开，眼前的景象让他吃了一惊，在大厅里并排放置着十几个大铁笼子，全都用黑布盖着。

乔晋掀开了其中一张黑布，看到了笼子里坐着一个衣衫褴褛的青年男子，身上手上都是血痕，因为不适应突然的光线，他一副惊恐的模样，退到了角落里用手挡着眼睛。

“别害怕，我是来救你的。”乔晋说道。

那个人稍微抬了下头，但是仍然是充满惊吓地瞪着他。

乔晋在铁笼子四周查看了下，找到了锁头，他用那串钥匙试着打开，但锁的钥匙孔和一般的钥匙不太一样，根本无法对应上。

“这是需要专门的钥匙才能打开的。”笼子里的人似乎终于搞清楚状况，对他开口道，“你救不了我们的，快走吧，再不走你也会被抓起来的。”

“不，一定还有别的办法。”乔晋抓着铁栏。

“就算你找到钥匙，你也不可能带走这里这么多人。”那个人似乎已经自暴自弃了。

“奚南，你的绷带是不是能变成任何形状？”乔晋转身问身后的人。

当看到突然出现的绷带女孩时，笼子里的人吓了一跳。

“你试试看能不能探进这个钥匙孔，在里面转动那些齿轮。”乔晋说道。

“我没试过，不过我可以试试。”罗奚南伸出了绷带。

乔晋原本只是抱着最后一丝希望，但没想到这个办法真的能够奏效，罗奚南相继打开了所有的笼子。

他们互相搀扶着，正要从地下室门口出去，但这时从门后走出来的一个人：“你们不能出去。”

“姐姐！”罗奚南跳到了罗奚娜的怀抱里。

“你是想阻止我们吗？”乔晋做出防备的姿态。

罗奚娜解释道：“我也不想阻止你们，但是这里每个通向外面的出口都设置了红外线监控，你们是不可能出这栋房子的。如果你们愿意相信我，就暂时留在这里，我会想一个万全之策……”

“别胡说了，你是她的女儿，你怎么可能帮我们？”人群里有人说道。

罗奚娜突然扯开自己的领子，让大家看到她的肩膀上可怕的伤痕。“你们见过如此对待自己女儿的人吗？”她情绪有些激动地拉过罗奚南，“你们知道她是谁吗？她是我妹妹，是那个人的小女儿。可是为了她自己的野心，她宁肯牺牲女儿的一切。我对她的恨，比你们任何一个都要深。但是我不得不委曲求全，假装服从。”

“可是错过这一次，我们真的还有机会逃出去吗？”有人说道。

“会的。”罗奚娜肯定地说道，“她并不是先知，让她拥有能力的只是她的那副眼镜，还有她在找的那些神器。只要我能偷走那些神器，她就只是一个普通人。”

“如果你说的是真的，你为什么不早动手？”有个老妇人说道。

“我知道你们很难信任我，但是我说的都是实话。虽然她是我的母亲，但很多事她都有意不让我知道，我也是直到最近才发觉她的异能是假的。”罗奚娜解释道，“我一直努力隐藏自己的真实想法，但很多还是被她看透了，想要偷走她的眼镜并没有你想的那么容易。”

“我相信罗奚娜的话。”乔晋对大家说道，“我向你们保证，就算将来她不帮你们，我也一定会让你们逃出去。”

“大家还是先回去吧。”刚才被乔晋第一个救出的人说道，“我们本来也没有什么活着的希望，现在至少有一线生机，等待些时日也没什么。”

大家被说动了，陆续又回到自己的笼子里，他们又将锁头重新锁上。

第七章

他们寄希望于这个盒子里的物品，费了九牛二虎之力才将铁盒子撬开，但是撬开的那一瞬间，让他们意料不到的事情发生了。一股无形的热气扑面而来，在铁盒周围的人都发出惨叫慢慢化成血水。

01 遗失的神器

乔晋要离开时，刚才的那个囚犯突然拉住他，悄声地说道：“你听我说，我知道其中一个神器在哪里……”

把乔晋送回房间后，罗奚娜问他道：“刚才那个人和你说了什么？”

“我不知道该不该告诉你。”乔晋很干脆地说道，“说实话，我还没有完全相信你。”

“你说得没错，你确实不应该轻易相信我，毕竟把你绑到这里来的人是我。”罗奚娜稍带讽刺地说道。

“你……肩膀上的伤是怎么回事？”乔晋迟疑地问道。

“我的母亲是不是和你说过，她第一次受到地球之母召唤的场景？”罗奚娜看向他，见他点头后，继续说道，“那她一定没有告诉你，她因为脑海里的一个念头，将她的女儿当作第一次实验品。有时候我真怀疑疯的不是我的外公，而是我妈妈。”

在罗奚娜的讲述下，乔晋才知道当时真实的情况。

罗伊在地下室发现那个奇怪的铁盒后，她将盒子打开，里面并没有什么神奇之光，而是存放着她现在戴的眼镜、一卷绷带和一卷录像。原本罗伊并没有将这个盒子放在心上，可是当时受到打击的她急需一些事情转移注意力。所以她就将里面的东西拿出来观察，没想到戴上眼镜后便能看到别人的想法，这个发现令她大受震撼。她又反复研究其他几样东西，但是都找不到窍门。当时的她就像走火入魔一样将所有的心思都放在上面，直到她有一天出门忘记关炉上的火，火烧到了窗帘，当时她们姐妹两个人还在午睡，根本不知道发生了火灾，等醒来时，火势已经很大了，等消防员救出她们两个人时，她们都有不同程度的烧伤，而妹妹则更为严重。被送到医院后，妹妹全身都缠上了绷带。

妈妈赶到医院，当她看到罗奚南身上的绷带时，突然开悟了，夜里趁着没有护士看管，她将罗奚南的绷带换成了铁盒里的绷带。罗奚娜在隔壁床位看到这一幕，她听到了妹妹的尖叫声，想要阻止妈妈疯狂的举动，但是罗伊举起铁盒砸向了自己的大女儿。罗奚娜虽然及时闪避，但还是被砸到了肩膀，血流不止。她想要呼救，但是罗伊捂住她的嘴。她眼睁睁地看着罗奚南被那卷舞动着的绷带吞噬了，所有的身体器官都消失在空气中。她被吓晕了过去。

可是罗伊却并没有停止她疯狂的行径，她一直在找那卷录像上的东西。罗奚娜看过那卷录像，上面就是几张图片，画着几件平淡无奇的物品。

为了找到这些东西，罗伊千方百计地找了个名目成立了一个盖亚门徒的神秘组织，招募一些相信她的民众加入。她不停地在寻找和异能相关的事件，或许罗伊也把自己给说服了，相信她所做的就是为了将来的末日做准备。

罗奚娜无法猜透罗伊具体的想法，但是见过她如此可怕的行为，她绝对不可能听命于她。

“我之所以没有离开，一方面是我还不想完全放弃我妈妈，我一直希望有一天她能够悔悟；另一方面也是最重要的原因，我想帮我妹妹找到解开诅咒的办法，虽然我不知道这是诅咒还是别的什么，但是只要有一丝的希望，我都会去找。”

“你觉得有可能吗？”乔晋看着在房间里玩着绷带的罗奚南。

“那卷绷带和那些拥有异能的神器一定是有所联系的，也许只要找到所有的神器，就会有办法。”罗奚娜不确定地说道，“至少，我妈妈无法看透罗奚南在想什么，我想神器之间可能会互相抵触或有某种影响。”

乔晋盯着她那双急切的眼睛，他叹了口气：“如果我告诉你一件重要的线索，你能让我获得自由吗？”

“我会说服我妈妈相信你是真心想要加入我们，到时候我就能带你出去了。”罗奚娜说道。

乔晋虽然犹豫了一下，但还是选择相信她，他将那个囚犯给他的信息告诉了罗奚娜。其实关在笼子里的那个囚犯已经使用过神器，一面可以照出另一个自己的镜子，而笼子里关的只是一个分身，所以罗伊无法看透他的想法，更问不出实话。那个分身告诉乔晋，他真正的身体藏在了罗湖泊附近的一栋别墅里。虽然他能够分身，但时间太久，他的意识也变得不清晰了，所以他希望乔晋能够尽快找到另一个他，让他们两个合二为一。

“明天我会让罗伊同意我们两个一起出任务，罗伊一直相信只要奚南在这里，我就不敢胡来，所以她也许能够答应我这个请求。”罗奚娜说道。

一夜无梦，翌日，罗奚娜和乔晋一起来到了罗湖泊附近，找到了那个囚犯所说的别墅，他们见到了别墅的主人，果然和那个人长得一模一样，行为举止和神态都是一样的。

主人听说了分身的事情，将他们请了进去。他向他们诉说了自己多年前和一个威尼斯商人买下这个神奇的镜子，一开始可以分出很多个分身，可后来每个分身离得越远，自己就越来越虚弱，所以只能维持在两个的状态是最好的。最近他常常感到不适，也一直没有另外一个分身的消息，正急得如热锅上的蚂蚁。

乔晋突然想到了一个主意，他向镜子主人保证了会送回分身，只是需要借用镜子。镜子主人没有办法只能同意。

乔晋使用镜子，照出了他和罗奚娜的分身，又仿制了一面相似的镜子，让两个分身拿着镜子回去复命。罗伊不可能看出分身的想法，而他们也不用担心暴露。

第一次见到自己分身的乔晋感觉有些别扭，而对方似乎也有同样的感觉，但是彼此都知道该做些什么。分身乔晋带着分身罗奚娜回去了。

而真正的乔晋和罗奚娜则开始寻找其他的几件神器。

【秦蕊篇】

秦蕊拣了几朵鲜花插在李戈身边，她握住他冰冷的手："对不起，李戈，你安心走吧，我会替你守护18小队的。"然后她起身抹去了泪痕，开始向 18 小队消失的方向追去。

"等一下，你们先听我说……"秦蕊好不容易才追上了众人，她气喘吁吁地说道，"我知道一个安全的地方……离这里不远。"

“秦蕊。”阿斯茹跑了过来，抱住了她，“我就知道，你会追上来的。”

“对不起，让你担心了。”秦蕊说道，“我以后不会再这样了，我必须坚强起来。”

阿斯茹点了点头：“不过你怎么会知道这里有个安全的地方？”

“我小时候可能来过这里。”秦蕊不太确定地说道，“我刚来到这里就觉得很熟悉，爆炸后虽然昏迷了一阵子，但我记起来一条路，那里的尽头有间小木屋。”

“可是就算你小时候真来过这里,你怎么确定那里就是安全的？”唐毅问道。

秦蕊支吾了一下，没错，她为什么这么确定那里就是安全的呢？这只是她的一种直觉：“有个……我想是有个老人告诉我，让我回去那里。”

“秦蕊，你没什么事吧？”唐佳佳有些担心地看着她，可能其他人也一样，觉得秦蕊的话颠三倒四的，该不会是受了刺激所以产生幻觉了吧？

但是黑乌鸦看她的眼神却很认真：“你还能记得那时候是几年前的事情吗？”

“我记不太清了，但是感觉是我很小的时候，五六岁？”秦蕊犹豫地说道。

“领队，你不会真的相信吧？”慕容婉皱起眉头，“我们不是说好去下一个联络地点吗？”

“不。”黑乌鸦突然转过身说道，“根本没有下一个联络地点，我这么说只是想让你们振作起来。”

“什么？”18 小队里每个人都很震惊，特别是一直对黑乌鸦充满信任的慕容婉。

“你疯了吗！你的所谓让我们振作就是用这种办法？让你的队员像无头苍蝇一样在树林里漫无目的地走着？”慕容婉看起来真的很生气，“也许李戈真的没说错，你就是个给人带来霉运的黑乌鸦，老古董！如果我们来之前带着高科技产品,就不会像现在这样得不到救援。可是因为你的怪癖，让你的队员死伤惨重！”

大家的脸色都很凝重，可是慕容婉却根本不管不顾地继续说道：“你有什么资格当领队,你就没有反省过为什么你的队伍总是死人吗？你不觉得愧疚吗？”

“慕容，你说得太过分了。”赵茜和阿斯茹着急地说道。

“她没有说错，我就是这样的人，不过既然你们进了我的队伍，就给我熬到回去以后再申请调队。我绝对不会阻止。”黑乌鸦冷漠地说道，他看向了秦蕊，“你，带路吧。”

“领队……”秦蕊看了一眼脸涨得通红的慕容婉和脸色阴沉的黑乌鸦。

“你没听到我的命令吗？带路！”黑乌鸦指着前方。

秦蕊只好走到前面带路，其实她内心也很忐忑。虽然记起来那条路，但过去这么久了，路况会不会有什么变化或者那间屋子还在不在，这些她都无法知道。不过一路上她寻着那条路，渐渐地又记起很多。

她记得应该是很多年前，她父母曾经带她到过这里，当时有个很慈祥的老人，他总是将她放在肩膀上，带着她在这里走着。

“秦蕊，到那间屋子里去。”那个老人的声音仿佛在路的尽头指引着她。

02 童年的旧屋

整个 18 小队的气氛都很低落，他们走了一段路，大家都是埋头走着，谁也没有吭一声。虽然精疲力竭，但比起身体，他们的心更受磨难。

过了一会儿，唐佳佳突然跑到了一块岩石上，指着前方：“我看到屋顶了！”

听到这句话后，不仅秦蕊松了一口气，大家也振作了一点。

他们走到了路的尽头，看到那片空地时，所有熟悉的感觉都回来了。她记得那个秋千架，她记得屋外的藤椅，她记得房檐上的风铃。

秦蕊三步并作两步地跑到台阶上，她抚摸着扶手上的刻痕，这是一岁、两岁、三岁……

突然间她的眼泪又开始往下掉，她怎么会忘记这么重要的事情？她到底是从什么时候忘记的？她在五岁之前都是在这里长大的，那个老人就是她的爷爷。小时候爷爷总是带她玩，爷爷是最疼爱她的人，可是她竟然都忘了。

不，现在不是伤感的时候，她答应过李戈，要守护18小队。她不能再次情绪崩溃。秦蕊趁着还没人发现，悄悄抹干眼泪。

“这里应该是安全的，小时候我在这边住过，没什么野兽。”她说着走到前门，拿起旁边的花盆。果然，虽然花盆里的花没了，但钥匙还在下面。

她用钥匙打开了门，拉了拉电灯的开关绳，灯亮了起来。屋子里的一切就好像一个被尘封多年的世界，除了空气比较难闻，并没有多少变化。

大家七手八脚地打开窗户通风，将家具上的白布掀开，十分默契地进行了一番打扫。

“太好了！”赵茜的声音从厨房里传来，“这里有个那种很古老的炉灶，下面可以烧柴，还有生铁锅和瓷碗筷，看样子洗一洗还能用。”

“水龙头也有水！”唐佳佳高兴地说道，“这里可真是为我们量身打造的地方啊。”

众人商量后，黑乌鸦和唐毅到树林里打了些野味，阿斯茹和秦蕊捡回了用来烧的木头，慕容婉和赵茜还有唐佳佳三个人去摘了些野菜。他们总算是吃上了一顿温热的饱饭。黑乌鸦分配了值班守夜的顺序，他和秦蕊一起守上半夜，接着是唐氏兄妹，最后是慕容婉、赵茜和阿斯茹。

吃过饭后，其他人都在屋子里找一个舒适的角落去躺着休息，一整天下来，他们早就没有刚来时那种激动和好奇，现在一个个都像霜打的茄子。

秦蕊陪阿斯茹洗完碗筷后，她看到了在门外台阶上坐着的黑乌鸦，他正在擦拭着那两把长刀，不知为何，在秦蕊眼底，他的背影看起来很落寞。

秦蕊走到门外，她无意间瞥见黑乌鸦的手臂上有血迹：“领队，你受伤了？”

黑乌鸦看了一眼自己的手臂：“只是一点轻伤。”

秦蕊从他们剩下不多的物资里找出了创可贴，她坐到黑乌鸦的旁边，说道：“我帮你贴上吧。”

“不用了。”黑乌鸦话还没说完，秦蕊就看到他手臂上的那些伤疤。

这些伤疤仿佛在诉说着无数的生死关头。她不自觉地抚摸着那些大大小小的伤疤，发觉黑乌鸦在看着她时，她急忙脸红地收回手。

“你受过很多伤。”她有点心疼地说道。

“经常在前线的人怎么可能不受伤？”黑乌鸦放下长刀。

“其实慕容的话你不用放在心上，她只是说的气话。”秦蕊说道，“我们都知道，当时你让大家先走，自己却打算和血魄同归于尽。”

黑乌鸦望着漆黑的天空里那轮皎洁的明月：“我从来不是一个好领队。”

秦蕊犹豫了一会儿，才开口问道：“我能问一句可能让你不高兴的话吗？”

“我知道你想说什么。”黑乌鸦说，“你想问，为什么我不让你们带高科技的产品，甚至手机电话？”

秦蕊点了点头，她以为黑乌鸦会生气，但是今天晚上的他却意外温和。

黑乌鸦低下头看着台阶：“我曾经有个未婚妻，她和李戈一样是亚里亚基地里的一名技术员。她一直很沉迷于研究新科技产品。可是有一天她突然告诉我一些莫名其妙的话，她觉得智能产品其实比人更可怕。我不知道她为什么那么说，可是一年后，她在实验室里突然暴毙了。法医说是触电引起的，但是实验室里的所有产品都不可能漏电。

我看过现场，在她常使用的那台电脑上有个奇怪的符号，看起来像个笑脸，但转眼间又消失了。”

秦蕊皱起眉头，她本想告诉黑乌鸦也许是他无法接受未婚妻的死所以才产生这些联想，但是她想起了过去对乔晋说她看到厄禹掌心的荆棘花，那时候乔晋不就是像她现在这般不以为然吗？秦蕊咽下了即将出口的话，选择继续倾听。

“我在收拾她遗物的时候发现了这本袖珍的日记。”他从胸口的口袋拿出了一个掌心大小的本子，他抚摸了一下，然后递给了秦蕊。

秦蕊翻了一下，上面记录的大都是关于产品的设计和编程，然而在最后几页上却写着一些让人摸不着头脑的话。

9 月 16 日里写着：我不敢相信我的发现。如果这是真的，那对于我们而言都太可怕了。9 月 17 日：也许我得报告给上面的人，可是现在所有的一切都掌握在他们手中，没有了智能，我们真的能够活下来吗？ 9 月 18 日：我今天和她对话了，她比我想的要更聪明，有时候让我感觉自己根本不是她的对手……我觉得很不安，虽然她说得有一定道理，但会不会这也是她的阴谋？

“她是 9 月 19 日去世的。”黑乌鸦说道。

“这里面提到的阴谋是指什么？你查到这个和她对话的人了吗？”秦蕊有些不安地问道。

黑乌鸦摇了摇头：“一开始我也是和你想的一样，也许她有个对手，我一直在想这个对手会不会和她的死有关。我把这件事告诉了信任的几个人，让他们去帮我查和莉亚，也就是我未婚妻有过结怨的人，但是莉亚人很好，根本不可能有人想要害她。后来我越是去思考这件事，结合她以前常和我提起的智能机器的未来，让我感觉到这件事或者不是人与人之间的阴谋。”

“你的意思是……”秦蕊想起日记里提到的智能。

“我知道你会觉得这个想法很荒唐，但是我就是无法相信任何智能产品。”黑乌鸦握紧了拳头说道，“我一直向上面的人建议减少智能化办公。但是现在这个时代，已经太多人无法脱离这些高科技产品了。每次在亚里亚基地，我都觉得有无数双眼睛可以随时监控到我的一举一动，我有一种预感，我们的危险不仅仅是来自血魄，可惜没人相信我说的。”

秦蕊看着那双透着不安的浅褐色眼瞳，她没有想到在面对所有事情时都无所畏惧的黑乌鸦，竟然也有弱点。

“我相信你说的。”秦蕊将手放在他攥紧的拳头上，“我……”

秦蕊还没有向他提起自己的事，在他们身后，阿斯茹的声音响了起来：“领队，你们快进来看一下。”

他们疑惑地跟着阿斯茹走进房间里，没想到其他人也都醒着，阿斯茹指着书架上的一本突出来的书：“我刚才睡不着，想看看这书架上有些什么书，可是却发现这里有个机关。”

黑乌鸦望向秦蕊，但是秦蕊也不知道爷爷家怎么会有机关。

阿斯茹向他们示范了她刚才的举动，随着那本书被推进去，书架缓缓移开，在书架后有一扇嵌在墙里的石门。

03 重要的密信

【乔晋篇】

乔晋和罗奚娜从别墅主人那里得到了一个很重要的线索，他的神器是一位威尼斯商人卖给他的,而当时威尼斯商人还给了他一张名片。罗奚娜利用她建立起来的情报网很快就通过这个电话找到了那个威尼斯商人目前的住所。

他们给了已经退休在家养老的威尼斯商人一点报酬，他便很快地告诉他们当时发生的事情。那是十五年前发生的事情，那位威尼斯商人常在码头摆摊，销售给人们一些珍奇宝物。但是实际上那些大多数是假货，都是诓骗游客的伎俩。

威尼斯商人向他们描述卖给他镜子的人，“那个人看起来很消瘦，神情涣散，有点像偷渡而来的难民，他当时身无分文，只是怀里一直抱着一个铁盒，他在那里兜了好几圈，最后才来到我的摊子前，希望我能给他一点钱让他去买点吃的。”退休的商人喝着茶说道，“我本来想赶走他，但看他怀里的铁盒比较精美，所以我就告诉他，我可以拿钱买下他怀里的铁盒。没想到那个人却拒绝了，可是没一会儿他又回来，打开了盒子，说盒子不能卖，但是里面的东西可以卖，让我挑一件。盒子里的东西都不是什么好东西，破破烂烂的，就那面镜子看着还可以。我当时也是烦他老在我摊子前，影响我做生意，就花了点钱买下那面镜子，后来又转手卖掉了。”

罗奚娜皱了皱眉头，她看过被母亲当作宝物一样收起来的铁盒，从商人的描述来看，应该是同一个。按照商人的描述，铁盒里当时不仅有眼镜、绷带，还有镜子和其他几件她母亲一直在找的物品，不过并没有录像带。

“这么说，录像带很可能是后来那个拥有盒子的人录制的。”乔晋说道，“可是为什么又会出现在你家地下室呢？难不成……”

“不，那个最开始拥有铁盒的人不可能是我家里人。”罗奚娜说道，“十五年前，也就是我妈妈刚搬到美国的时候，我舅舅和舅妈的孩子刚满月，我外公又一直身体不好，外婆是家庭主妇。他们都不可能以那副难民的样子出现在码头。”

“可是三年后，你外公一家就出了那种事，铁盒又莫名其妙出现在你家地下室，你不觉得很蹊跷吗？”乔晋犹疑地说道，“看来所有的事情只有一个人能够知道到底是怎么回事。”

“你是说……我外公？”罗奚娜说道。

乔晋点了点头，但是罗奚娜却有些为难地蹙起眉头：“实际上，我外公只在精神病院待了三个月就失踪了。”

“什么？”乔晋很惊讶，所有的事情明明已经接近了真相，可最重要的人却失踪了。

“当时我妈妈是想接外公回来的，但是医院说他有暴力倾向，最好的治疗方案是让他待在精神病院里接受正规的帮助。可是在三个月后，医院里来了电话说我外公人间蒸发了，他们报了警，查了监控，但是一直都没找到人。我曾经以为会不会是我妈妈将外公偷偷带出来，但是后来觉得不太可能。如果我妈妈真想接他出来，并不需要这样偷偷摸摸。况且我妈妈自从组建盖亚门徒后，就走火入魔了，很少去关心别的事情。”

“这么说，我们的线索算是断了。”乔晋叹了口气。

他们两个正要进入汽车回酒店里另外想办法，这时罗奚娜拿出了钱包，她抽出一张照片道：“这是我唯一的一张全家福，现在想想那时候如果妈妈没有带我们去美国就好了。”

乔晋接过照片，他看了一眼全家福上那和睦的一家，又看到照片上的罗伊年轻时可能比罗奚娜还要更漂亮一点，当时的眼神还很温和。可是当乔晋往上看时，彻底震惊了，还差点把照片给丢到地上。

“你，你说这是你外公？”乔晋声音有点颤抖地问道。

看到乔晋的模样，罗奚娜接过了照片：“是啊，怎么了，你为什么看起来这么吃惊？”

“你知道《亚里亚神鉴》这本书吗？”乔晋吞了吞口水问道。

“当然，那是厄禹所写。”罗奚娜说道，“其实以前我还不够信任你，所以没有和你说实话，你和厄禹并不是唯一两个能进入亚里亚的人，厄禹有一位助手，他也能够使用硬币，他听过我母亲的演讲后，也加入了盖亚门徒，并且告诉了我们厄禹的事情。罗伊曾经通过厄禹的助手向他传递想要合作的意愿。但是厄禹拒绝了，我们完全没想到没有多久，厄禹就出事了。罗伊让那位助手将硬币带回来，但是那位助手却又中途失去了联系。后来，直到我们的线人看到你使用硬币，才将你带了回来。”

“那你有见过厄禹本人或者他的照片吗？”乔晋问道，虽然他已经知道了答案。

“这个，我确实不知道。”罗奚娜说道，“我看过他自杀的报道，但好像也没有看到照片，但那和你的反应有什么关系吗？”

“就在前几天，我在亚里亚灵境里见过你外公。”乔晋说道，“而且他告诉我，他已经死了，只是意识还没死。”

“我外公在亚里亚灵境里？”罗奚娜瞪大了眼睛，抓住乔晋的胳膊，“这怎么可能？他为什么会在那里？他有和你说什么吗？”

“他和我说，他是厄禹，就是写《亚里亚神鉴》这本书的作者。”乔晋自己都觉得这件事简直太耐人寻味了，罗伊的爸爸，罗奚娜的外公竟然是厄禹。

“这怎么可能，我外公怎么可能是厄禹！”罗奚娜笑了起来。

“如果我能带你进亚里亚灵境就好了，说实话如果不是亲眼所见，我根本想不到会有这样的事情。”乔晋也苦笑了一下，“你想知道我现在在想什么吗？”

罗奚娜情绪复杂地看着他。

“我觉得自己似乎一直是被牵着走，就好像有人在掌控着我的人生，设了个复杂的圈套，把我送到你的身边。”乔晋望着人来人往的街道，“我从来没有感觉到像这样的不安，我甚至不太敢仔细去琢磨。”

罗奚娜握住他的手：“我知道你为什么害怕，人的恐惧之心其实都源自未知，你越是觉得找不到答案，你就会越来越恐惧这件事。就好像一开始我害怕我的母亲，因为我不知道她的能力来源于哪里。相信我，我们会找到答案的。”

乔晋感觉到罗奚娜掌心传递来的温暖，那种温暖令他觉得很可靠。

“榆树街 1088 号。”乔晋突然想起厄禹曾经和他说过的话，当时他胡言乱语着,所以那时候他不明白厄禹提到这个地方是什么意思。

“你知道榆树街 1088 号是哪里吗？”

“榆树街只有 1087 号。”罗奚娜说道，“就在离这里差不多两个街区的地方。”

“厄禹曾经和我提到这样一个地方。”乔晋说道，他再次感觉到那种被操控的感觉，但是有罗奚娜在他的身边，他还是选择压抑那种不安。

罗奚娜开车带着乔晋来到了榆树街，在最后一栋房子的门牌上看到了 1087 号。除此之外就没有别的房子了，拐弯处则是另外的街道名称。

他们两个人下了车，来到了 1087 号的房子前敲了敲门。

过了许久，门打开了一条缝，一个老太太透过老花镜向他们两人打量着：“找谁？”

“您好，请问您知道榆树街 1088 号在哪里吗？”乔晋急忙问道。

“榆树街没有 1088 号，你们找错了。”老太太说着就要关门，但是罗奚娜却抢过话道：“老太太，我们是来找厄禹的，他是写小说的。”

“什么？”老太太有点耳背地问道,“你们是来找那个写东西的？”

“对，你知道他在哪里吗？”罗奚娜说道。

“哎，太好了，你们是他什么人啊？算了算了，我也不问了，只要你们把他地下室的东西带走就行了，他房租到期啦，大半个月也不来拿走。”老太太抱怨着打开了门。

“谢谢您，我们马上就帮您收拾干净。”罗奚娜说道，然后从钱包里拿出几百块来塞给她，“这些当作违约金，你看够吗？”

老太太也是个见钱眼开的主，拿过钱，还假装不好意思地说道：

“哎，你看你，其实我这地段都算很好了，交通便利，那如果你们还要租，我还是可以按原价租给你们的。”

“谢谢，我们这就搬走东西，以后如果想租房子肯定还会找您。”罗奚娜笑着说道。

乔晋和罗奚娜进入房间，在老太太的带领下，他们来到了一间地下室，在地下室的门口，乔晋发现门上有个擦去的粉笔痕迹写着1088。原来这里就是榆树街 1088 号。

从台阶下到地下室，乔晋就看到了地上扔得到处都是的废纸，地下室里就像一个把所有房间都打通了的空间，床铺、浴室、沙发、书架和办公桌都在一个空间里，墙上挂着《亚里亚神鉴》改编的游戏和漫画的海报。看来这里就是神秘的作者厄禹多年来隐居的地方。

这里和乔晋小时候想象的完全不一样，他一直觉得厄禹应该是住在那种摩天大厦里。

老太太离开后，罗奚娜立马在那些文件里翻找着。她和乔晋的感觉完全不同，这里曾经是她外公生活的地方，她的外公如果真的是厄禹，那么他是不是在装病？他究竟在隐藏着什么秘密，也许很快就能揭开了。

“乔晋，你看一下这个。”罗奚娜掀开床垫，在床垫的中间挖了一个洞，里面竟然有个上了锁的保险箱。

他们合力将保险箱挖了出来，但是上面有密码。

罗奚娜轮流输入了他们一家人的生日，但是都显示密码错误，又把亚里亚相关的报道日期输了遍，也没有猜对。

“密码，密码会是什么呢？”乔晋看向房间里所有的摆设，突然他一下子顿悟了，他让罗奚娜输入 10881019，果然箱子一下子打开了，10 月 19 日是他们的亚里亚纪念日，也是那本书的出版日期。原来密码竟然是最简单最明显的那个数字。

保险箱里有几件物品，正是他们苦苦寻找的那几件从铁盒里丢失的神器。而除此之外，还有一封信静静地躺在箱底。

罗奚娜拿出那封上了封蜡的信，她看向了乔晋，乔晋握住了她的手，只要打开这封信，也许就能知道答案了。

04 尘封的起源

【信】

当你看到这封信时，我可能已经不在了。

很多人看完《亚里亚神鉴》，都说这本书太神奇了。可是与我接下来要讲的往事相比，亚里亚真的不算什么。

我有很多个身份，但是我要从我最早的一个身份开始讲起。

那时候我还只是一个驻守在岛上的士兵。

我记得那是个风平浪静的早上，当时的天气实在有些古怪，万里无云，我看到海面上漂着一个盒子，有值班的战士将那个盒子打捞上来，可里面并没有什么贵重物品或者危险物品，都是一些零零碎碎的东西，有一卷绷带、一块镜子、一副眼镜、一个沙漏，最值钱的可能也就是底下的一枚硬币，看起来像是枚古币，雕刻着我从来没见过的花纹。

班长让我们把铁盒搬到屋里，因为那个年代物资紧缺，所以只要还能用的东西，就会大家一起用。

过了晌午，天气还是不太对劲，连一丝风也没有。在海上待久了，越是这样的平静就越令人心里发毛。我们反复检查天气预报，并没有风暴产生也没有地震能引发海啸。可是在岛上的每个人包括礁长，每个人看起来都不太对劲，我们都觉得不安，对于自己的不安感到不安，从而陷入死循环。可是又无法预防什么，只能仍旧像平常一样。

我们一直熬到傍晚即将日落，正在值班的战士来报告，30 海里外有一艘轮船正往这里的方向航行。由于无法观测出轮船的国籍，班长随即按响警报，大家也进入了战斗状态，我透过望远镜看到了那艘轮船，和突然出现的轮船一样蹊跷的是突然起的一阵莫名其妙的大雾，船身被雾气包裹，只能看见黑乎乎的轮廓和桅杆上立着的一面破破烂烂的黑旗，可是没办法看清楚那是什么国籍的旗。我们只能像平时那样，发射了三颗警告信号弹，驱逐船只离开。

我本来以为事情会更难办，不由得神经紧绷，可没想到，三颗信号弹升空后，那艘船就渐行渐远了。

随着夕阳西沉，一整天的紧张仿佛随着那艘奇怪的船消失而消失，每个人都比平时还要放松。可是我心里有个声音在悄悄地提醒着，今天不会是寻常的一天。

那天晚上我睡得很不安稳，从窗口望去，可以看到守夜的巡逻官兵。黑漆漆的天空挂着一轮特别皎洁明亮的圆月。

半梦半醒的时候，一股尿意袭来，我不得不起身前往茅房。十多年前的岛上设施简陋，为了清洁，茅房不得不设在离住处远一点的偏僻角落。

我正方便着，突然从远处传来了一声响亮的枪声，我吓得急忙拉上裤子拉链，往身上摸枪，可这时候我才发觉自己根本没带。身上也只穿了内衣和短裤。我决定先赶回住处带上武器，我刚走两步，连续的枪声就响了起来，我看到海岸边有火光出现，还有声嘶力竭的叫喊声。那声音实在是我这辈子听过的最可怕的哭喊声。

虽然平时军队训练有素，可是真正面临生死，听到这种鬼哭狼嚎却无法想象画面，对于当时只有十九岁的我，确实产生过一瞬间的退缩。但是很快我就恢复了理智，想起了自己的职责，义无反顾地往住处跑去。

回到房间后我迅速穿上防弹背心，给枪装上子弹。我一边做着这一切，一边从窗口观察外面的动静。

除了海岸边有两具烧焦的尸体，其他人都不见踪影。尸体已经烧得面具全非，根本认不出是谁，我的脑海里闪过许多张熟悉的面孔，但是那时候我没有时间多想,只能警惕地查看周围到底发生了什么事。

我想起来必须将这里的情况用无线电传送出去。我想也许其他人也和我一样，都跑到控制塔了。

可是当我跑到控制塔的时候，当即傻了眼，玻璃上都是血，透过血雾，可以看到里面横七竖八倒着好几个人。班长、礁长、副礁长……能主事的一个也没活着，身上的伤口也不堪入目，而且就像是有人把他们先杀了再集中扔到了这里面。

我不知道还有多少人活着，也许只剩下我一个了，我不敢去想，那时候我真的害怕了。“有……有人吗？”不知道为什么我只能颤抖地说出这句话。可是我到底能期待什么呢？

“嗯，咯……”安静中突然有个很微弱的声音。

可我却更加害怕起来，我朝那堆尸体里张望，“班长？礁长？是谁？”我问完后，尸体里似乎真的有什么动了一下。

我又走近了去看，地面上血流成河，我低头一看，黄鞋子也变成了红鞋，这时候从尸体堆里突然伸出了一只手，紧紧地抓住了我的脚踝。我吓了一跳，那个人身上有好几处伤口，除了枪伤还有可怕的划痕。

我本想蹲下去查看，可是他一下子抬起头来，那张脸是班长的脸，可那双眼睛却什么也没有。我吓得往后摔去，班长的嘴里仍然发出“嗯－咯－嗯－咯”的声响，身体以扭曲的姿势动弹着，一只手仍然紧紧地拽着我的脚。

我疼得大喊大叫，可不管我怎么挣扎，都挣不开，我觉得脚踝都快被拧断了。最后我实在没办法，只能随手抓起身边能抓的东西往班长的脑门砸去。恍惚间我好像看到有一团团红色的黏稠物体在班长口中蠕动着。

我已经顾不上许多，只是不停地砸，也不再去看，直到我能够把脚抽回来。我瘸着脚从地上爬起来，往门外逃去。一直逃到了岛上最偏僻的地方，躲在茅房里大口喘着气，感觉心脏都要跳出来。

平日里不信鬼神，可那时候我却只能拼了命地祈祷，祈祷这一切是梦，祈祷不要再出事，祈祷什么都不要出现……

我躲在茅房不知道祈祷了多久，等到我的所有感觉都能够恢复正常，这时候我闻到了身上都是血腥味和茅房里的臭味。我的胃里一阵翻滚，又吐了一地。最后我实在无法再在那里面待着，这才走出来。

远处的海面泛着鱼肚白，我在海岸边脱光了衣服，用海水稍微清洗了下自己，那时候的我已经快到达绝望的谷底，我想过淹死自己，可望着一望无际的大海，我还是想活着，于是我回到了住处。

我的脚肿得厉害，已经没什么知觉了。我坐在椅子上望着窗外的朝阳发呆，后来我想到了如果总指挥部一直联系不上这里，肯定会派人到岛上来查看的。我只要撑到那时候就可以了。有了希望后，我也振作了不少，我找来了急救箱，在里面翻找能用得上的，不管三七二十一，将药膏都涂抹在脚上，然后我又想起打捞上来的那个铁盒子，它就放在这个房间里。

我从桌子底下找到了那个铁盒，将那卷绷带缠在了脚踝上，死马当活马医，就算将来真的瘸了，至少我也尽力了。

做好这一切，我又重新回到卧室，将门和窗都锁起来，拉上窗帘，灯也不开，就那样躲着。

可躲了几小时后，我越想越觉得不行，这岛上恐怕真的只有我一个人活着，而唯一的幸存者却根本不知道发生了什么事，救援的人会信我说的话吗？如果他们看到岛上的场景，他们又会做何猜想？

不，不对。清者自清，我没做什么事，况且我自己也受伤了……我正想着，顺势就往自己的脚踝摸去，结果这一摸，感觉我的脚踝就像没受什么伤似的，我以为我摸错了脚，又搬起另一只脚，结果这只脚也是好的。

我急忙下了地，打开了灯，往地上一站，果然两只脚都是好的。刚才缠着的绷带也不见了。

这下子，我又吓出了一身冷汗。我往房间四处查看，可除了我，并没有其他人。房门和窗户也锁得好好的。

难道所有的一切都是我的幻觉？越是这么想，我越觉得自己快疯了。不管怎样，我是不能再待在这里了，因为我根本无法解释自己安然无事，而其他人都死光了，而且我根本没看到发生了什么事。还有班长那事，他那双眼睛，还有他嘴里的东西，这些都不可能让人信服。这一切都不正常。

那时候的事情如果说出来，我要么被处死要么被关进精神病院。

我想起来在岛上东边有一艘船，如果我搭乘那艘船就可以离开这座岛了，在那之后远走高飞，隐姓埋名。

我下了床，却碰到了那个铁盒子，当时也不知道是什么念头让我将那个铁盒子抱紧在怀里，我觉得这个铁盒子就像我的救命稻草一样。我将铁盒子藏在衣服下，提心吊胆地离开房子，一路上都害怕有什么变故，一直到看见那艘船，我才稍微松口气。

可令我没想到是，在那艘船上还有另外的人。当我走近时，我才发现了他，他也发现了我。他穿着一身破烂的衣服，一只眼睛的眼尾处有个伤痕。

“你……你还活着吗？”他突然问我道。

我急忙点了点头：“别杀我，我什么也不会说。”

那个人让我登上了船，他让我不要说话，然后他解开了绳子，扔给我一只船桨：“快划吧，尽快离开这个鬼地方！”

我当时也顾不上许多，急忙和他一起用力划着船，看着离得越来越远的岛，我终于有勇气再次开口问他：“你到底是什么人？”

他跟我讲述，他是一名海盗，但他们有时也打捞些沉船，几个月前他们在南海航行时，检测到下方有一艘巨大的沉船，于是他们派了几个懂行道的人下去查看。他们发现那是一艘二战时期的日本军舰，但是显然是从内部自毁了，船身断裂得比较严重。他们当时一直在找二战时日本的黄金沉船，这个发现让他们不甘心就此放过。所以虽然花了很多精力，他们还是将沉船打捞了上来，可惜那艘船上的物品并没有多少值钱的，只有一个看起来很精美的铁盒子。

他们寄希望于这个盒子里的物品，费了九牛二虎之力才将铁盒子撬开，但是撬开的那一瞬间，让他们意料不到的事情发生了。一股无形的热气扑面而来，在铁盒周围的人都发出惨叫慢慢化成血水。

当时那名海盗是大副，因为刚好船长也想见一见铁盒，而让他看着船头，离得最远，他并没有受到波及，但是看着自己的同伴化成血水，那种场面也让他吓个半死。更让他惊恐的是，那些血水竟然又开始成团成团地凝结在一起，变成一个人形站立起来。

大副躲在船头，不敢发出任何声音。那些血人就好像是刚学会走路的小孩，互相模仿着刚才的那些人的行为举动，在船上跌跌撞撞地走着。

大副看到他们似乎都想要拿起那个铁盒子，但是手脚笨拙根本碰不到，反而将铁盒像皮球一样踢到海里。有个血人跳进海里，但是过了一会儿又爬上船，似乎第一次接触到水，他不解地看着落在甲板上的水滴。

有个血人好像得到什么启示，他开始摆弄着船舵，想要追上被海浪推到远处的铁盒。就这样一路到达了他们驻守的岛附近。

在那之后，这些血人开始屠杀岛上的士兵。大副看见血人进入那些士兵身体里，变成了士兵的模样又开始屠杀其他士兵。

目睹这一切的他早就被吓傻了，连动都不敢动一下，其实他内心十分挣扎，想要警告岛上的士兵，却又特别害怕被血人发现。

后来他看到了岛的另一边还有一艘船，他是再也不敢待在海盗船上了。趁着血人离开去了别的地方屠杀士兵，他悄悄地下了船，半途中还遇到了一个血人。但是奇怪的是那个血人却不攻击他，大副自己吓得连滚带爬地赶紧离开那里。

后来在解开绳子的时候，才遇到了我。

05 背后的阴谋

我听完他讲述时，船已经航行出很远的距离了，我们马上就要靠近另一边的大陆。我感觉到藏在衣服下的铁盒硌得慌，我将铁盒子拿出来，大副一看到盒子，差点从船上掉下海里。

“快扔了它。”大副和我说道。但是我的脑筋也不知道怎么回事，就是不想扔了盒子。我将铁盒打开，但是并没有发生什么事，也没有那种热气，但是我看到那卷绷带又回到盒子里，这让我觉得很神奇。盒子里的硬币突然浮现出一个悬浮的影像，一个长得很美丽的女人，她告诉我硬币是一种异世界的触发器，只要我按照她说的办法使用，就可以看到一个美丽的新世界。

大副想阻止我使用，但是我已经按照那个女人说的方法，进入了亚里亚灵境，在那里经历了漫长的 24 小时，后来我将自己的经历写成主人公伊雪的冒险故事。

当时我以为那里真的就是异世界，是我们的平行宇宙，我相信了猫先生的话。

在亚里亚的24小时，在现实里却只是半个小时，当我回到现实时，我发现大副以一种异样的目光盯着我，他说他一直没有把铁盒扔掉，就是想等我醒来，让我告诉他发生了什么。

我把在亚里亚的事情告诉了他，等我们说完时，船也到了码头。

“把铁盒子扔掉吧，它会害了你的。”大副仍然坚持己见。

我告诉他，我会扔掉的，但不是现在。大副上了岸，他说他再也不想当海盗了，他要回自己的家乡，结婚生子好好当个普通人。

后来的好几年，我东躲西藏，就像真的是一个杀人犯，我看了当时对岛上屠杀的报道，似乎所有人的怀疑对象都在那个失踪的士兵身上。我更加不敢回去自首，现在回去更是完全说不清了。我就那样打打临时工，勉强度日，也是在那时养成写作的爱好，偶尔翻翻别人扔掉的报纸，看看上面的连载小说，至少让我能短暂地脱离现实生活。有一次，我翻看报纸时吓了一跳，我在上面看到一张照片里的某个路人长得和我很像。我还以为自己被拍到了，但仔细看，那个人的穿着打扮要比我好得多。我想了很久，想起来妈妈以前曾经和我说过的一件事，在我两岁的时候，因为家里贫穷，不得已把双胞胎哥哥送出去了。

我一直以为这是妈妈胡乱编造的，但是现在看来也许是真的。这个人长得和我太像了，连我自己都分辨不出来。

我看了下报道，知道那个人在电视台工作，于是我便天天去电视塔那里等着。果然有一天，我看到了那个人。

我跟踪他回到他的家里，在周围没人时，我喊了他一声。

他回过头来，看到我时，脸上的表情就跟见了鬼似的，他的嘴张得老大，不停地上下打量我。

我向他解释了我的事情，他说他的养母临死前也曾经告诉过他这件事，但是因为养母已经忘记当时是在哪里领养了他，只记得他有个双胞胎弟弟，在农村里双胞胎是不应该被分开的，因为这件事她一直耿耿于怀多年。他也已经快五十岁了，孙女都有了，也没有心思去寻找那个抛弃他的亲生母亲。

我不敢告诉他我为什么会流落成这副样子，我怕他也不相信我，只想在他那里待一阵子，他表面虽然同意了，但是其实我看得出他并不太情愿，我当时已经没有钱吃下一顿饭了，只能靠他帮助。他把我安排在地下室，并且告诉我，最好不要让他的家里人知道我的存在。

我想也许他看出来了，我是惹了事的人，他不想引火上身。我在地下室住了一夜，翻来覆去，本想天亮就走，不再麻烦他了。但是我没想到那天晚上，当我从地下室出来时，却看到屋子里血迹斑斑。我又想起了岛上的事情，我哥哥一家都被屠杀了，一个也不剩。当时我脑子一蒙，我以为这样的事情我不会再遇到，可是那些怪物竟然追到这里了。

我听到了外面的动静和敲门声，刹那间，我产生了一个奇怪的念头，就像我口袋里那块硬币在指引我，它让我换上哥哥的衣服，将哥哥的尸体抛进了后院的水井里。

可是做完这一切，我就后悔了，我想要告诉所有人真相，可是别人却将我当成疯子。警察根本不管我说的话，就将我强制送去精神病院。

后来我在精神病院待了三个月，其间有个女人来找我，说是我的外甥女，可是我根本不认识她。我在精神病院的日子经常进入亚里亚，我的铁盒遗落在地下室了，手里只剩下那枚硬币。在亚里亚灵境，猫先生一直给我引导。他告诉我，我很快就能出去，出去之后，我要写一本书，将我在亚里亚灵境最开始的冒险写出来。

这本书将会影响很多人，对于将来整个人类而言，也至关重要。

那时候我不明白猫先生的意思，但是当时的我对猫先生每句话都深信不疑，在精神病院的日子，我就开始写那本书，并且使用了厄禹的笔名。正如他所言，有一天晚上，突然来了几个像军队里的人，我以为他们是抓我回去审判，但是他们却将我带到了一个奇怪的地方，那个地方看起来像军事基地。

他们让我说出我那些疯言疯语，我便将血魄如何杀人的事情说出来，没想到这些人相信了我。后来，我才知道那里是专门调查血魄的地方。原来在岛上的事情过后的几年，那些怪物到处都在攻击人。我不知道他们是不是在找我，但是我感觉到我必须留在那里才能受到保护。虽然很多年过去，我的身体也因为风餐露宿而受到摧残，但我为了能留下来，还是非常努力地跟着他们那些新兵训练。

看到这些新兵，就好像又看到当时岛上的兄弟们，我越来越觉得愧对于他们，我跟着那些新兵到前线，再次看到血魄攻击的现场，我变得不再那么害怕了，反而愧疚感与日俱增。私底下，我按照猫先生的吩咐，向出版社投了《亚里亚神鉴》这本稿子，而日常生活里，我也拼命地训练，总结出一套新兵训练准则。随着《亚里亚神鉴》的发表，影响波及了世界各地，亚里亚神鉴被翻译成无数版本。但是这些都不是我的功劳，我只是按照猫先生的指示。没人能够找到厄禹在哪里，好像这个人的信息全被抹除了，只有我知道这是猫先生在背后操控了一切。最后亚里亚的风气终于吹到我们的基地，上面的人也决定将基地改名为“亚里亚联合总部”，令我意想不到的是他们开始研究起我写的这本书，并且想从中找到办法对付血魄。当时我很想告诉他们，不要徒劳无功了，这本书里根本没有对付血魄的方法。

但是有一天，我突然从噩梦中惊醒，我开始怀疑起一切。我不知道自己是谁了，不知道从什么时候开始，我只是听从猫先生的话在活着。

在一次出任务时，我离开了队伍，回到了都市中，我想要理清楚自己脑海里的疑问。我不再当血盟军，而是以一个作者的身份租住在榆树街 1088 号。

可是当我提笔时，却发现自己根本不会写作，原来这一切都不是我的作为，可是猫先生为什么要利用我做这些事情？

他让我写《亚里亚神鉴》这本书究竟有什么目的？我越想越觉得自己上了当，我应该把真实的情况再次写成一本书，让那些看过《亚里亚神鉴》的人知道自己看了什么。既然靠我一个人做不到，我便招募了一个助手。

我虽然写不好，但是我可以告诉我的助手，让他来写。

我物色了很久才终于找到一个符合我心意的人，这个年轻人既勤劳又能干，还很有才华。我因为信任他而将硬币的事情告诉了他，可是有一天他却趁我不注意，偷偷使用硬币。被我发现后，他向我道了歉，说他只是一时好奇。我当时心软了，原谅了他一次。可是令我没想到的是，他后来竟然和一个邪教组织有联系，甚至好几次劝说我和他们合作。

我开始觉得他也不那么值得信任，我不得不自己动手写作。可是当我将那些稿子打上电脑后，第二天却什么也没有了，反复了好几次都是这样的情况。我换了几台电脑，仍然如此。我预感这件事和亚里亚灵境的事八成脱不了干系。

我进入亚里亚见了猫先生，这一次他的话里却带着威胁，他警告我不要将所有的事情写出来，甚至说如果有可能他会清除一切威胁。

我不知道猫先生到底会怎么做，实际上，我开始怀疑亚里亚灵境究竟是什么？

我觉得这一切很可能是一个阴谋。

出于内心的深切愧疚和不安，我决定写下这封信，假如有一天我真如预感那样遭遇不测，请看到这封信的你代我做一件事，这件事至关重要，也许关联着整个地球的存亡。请帮我找到亚里亚基地里的一位军官“黑乌鸦”，他是我在那里最好的朋友，也是我见过最聪明的人，请把这封信交给他，也许他能够解开真相。

看完这封信后，罗奚娜和乔晋都目瞪口呆，他们简直无法相信信中所说的内容。

“我的外公竟然……”罗奚娜情绪有些激动，但是乔晋按着她的肩膀：“我知道你现在的心情一定很复杂，其实我也一样，我简直无法相信猫先生会利用厄禹，也可能在利用我。而厄禹很可能不是自杀。”

罗奚娜深吸了一口气，恢复镇定，“我知道现在不是争论这些事情的时候，实际上在我们调查异能事件时，也曾经找到不少目睹怪物攻击人的事情，但是那时候我妈妈不让我插手查这些事。可是如果真如信上所说，那这怪物就是害死我外公一家的真正凶手，我绝对不能不管。”

“你要把这封信交给你妈妈看吗？”乔晋问道。

罗奚娜迟疑了一会儿，又摇了摇头：“虽然我妈妈确实曾经纠结过我外公一家的离奇死亡，但是我不敢肯定现在的她会怎么利用这封信上的内容。我们应该按照信上的嘱托去找那位军官。”

乔晋突然回想起厄禹在亚里亚灵境似乎也提到过黑乌鸦，他望着窗外的夕阳：“可是我们该去哪里找？”

“也许我们该从这里入手。”罗奚娜将信翻过来，在那上面有个电话号码。

第八章

黑乌鸦望着远处的天空，湛蓝色的苍穹之上不断地有流星滑落，他知道战争这才拉开了序幕。

01 久违的重逢

【秦蕊篇】

打开石门后，秦蕊一行人看到了一间暗室，令大家意想不到的是暗室里堆满了金银财宝，出身考古世家的慕容婉认出了墙上挂着的几幅曾经是失窃的名画。

“你们看这个。”唐佳佳指着墙上挂着的一面破烂的骷髅旗。

“这不是海盗旗吗？”赵茜环顾着四周，“难道这间屋子的主人是海盗？”

“不可能！”秦蕊大声地回道，但实际上看到屋子里的场景，谁都会认为那是海盗无疑。

暗室的几个人都望向了秦蕊，不知道她为什么会有这么大的反应。

“这里是我爷爷的屋子。”秦蕊解释道。

18 队的成员似乎都很吃惊，“也许你爷爷一直不知道有这间暗室也说不定。”阿斯茹急忙补充道。

“对啊，没准之前的主人是海盗，后来你爷爷才搬进来住的，他不知道有暗室。”赵茜跟着说道。

秦蕊知道其他人是在考虑她的心情，她只是一时之间还无法接受慈祥的爷爷会和烧杀抢掠的海盗对应在一起。

黑乌鸦没有说什么，他发现屋子里竟然有个神龛上面供奉着一尊佛像，很难想象一个海盗会信佛。黑乌鸦伸手去拿佛像，可是佛像却转动了一下，桌子上出现一个暗格。

其他人都围了过来，想看看发现了什么。

在暗格的下方有一本黑皮本子。

黑乌鸦小心翼翼地拿出本子，发现那是一本航海日记。当他打开日记时，一张照片掉落了下来，秦蕊刚好接住了。

她拿起来看了一下，脸色立即变得苍白，这是一张海盗们在船上的合影，而站在中间位置的一个人一只眼睛的眼尾处有个伤痕，正是她的爷爷。她还记得第一次看见爷爷时，曾经被这个伤痕吓到。可是爷爷告诉她，那是年轻时不小心磕碰到的。仔细想想，爷爷的手上腿上也有不少伤，现在她总算明白这些伤痕的来由了。

“这么多年来我一直心存不安，因为我们从地狱里释放了恶魔……”在黑乌鸦翻开的最后一篇航海日记中写着这样的话。

在日记里，秦蕊的爷爷讲述他身为海盗最后一次的行动，他们打捞了一艘二战日本沉船，之后释放了怪物，又见证了岛上的屠杀，她的爷爷因为内心所受的震撼而决定金盆洗手，后来成家立业，这么多年来始终带着忐忑的心在过日子。

“怎么会是这样？”看完日记后的秦蕊彻底傻眼了，原来她的爷爷竟然就是源头。

慕容婉接过日记：“你们看，里面提到血魄是从一个铁盒子里被释放的，之后又似乎一直想拿到那个铁盒子，会不会……”

“你和我想的一样。”黑乌鸦眉头紧皱地说道，“这个铁盒应该是关键物品，只可惜铁盒被岛上的那位幸存士兵带走了，现在根本无从查找。我们应该尽快回到基地，将这个重要的情报上交给总部，那里的技术员也许能找到点什么。”

“可惜李戈不在这里，我们也没有带可以联络基地的通讯工具。”唐毅有点埋怨地说道。

大家都默不作声，但实际上谁都知道唐毅是说给黑乌鸦听的。

“其实……”秦蕊想替黑乌鸦解释智能的事情，但是黑乌鸦打断了她的话：“这件事是我的错，是我判断失误了，让大家陷入这种险境。不过我已经使用信号弹发送了信号，我想最多明天，救援队就会到这里。”

“既然是这样，那大家还是赶紧去睡一觉吧。”唐佳佳有点疲倦地说道。

其他几个人也都拖着沉重的步伐回到刚才休息的地方。

秦蕊一直拿着那张照片看着，她怎么也想不到爷爷会是海盗。

“这个世界上有很多事是我们无法选择的。”黑乌鸦按着她的肩膀说道，“况且这是你爷爷年轻时候犯的错，他一直心怀愧疚……”

“领队，谢谢你安慰我。”秦蕊勉强地笑着，“刚才有一瞬间我觉得这些都是冥冥之中注定好的，我爷爷犯的错由我来偿还，可是我真的可以偿还得了吗？李戈的死，那么多人的死……”

黑乌鸦捧起她的脸：“你看着我，你爷爷的错不需要你偿还，这是我们所有人都应该负起的责任，你记住了吗？”

秦蕊忍住想要哭的冲动，默默地点着头。

翌日一大早，他们就被天空的螺旋桨声音吵醒。

18 小队每个人都急切地跑到外面，果然看到了一架武装直升机在不远处盘旋。

“这里！这里！”大家举着手呼喊着。

黑乌鸦点燃了信号弹，很快直升机就朝这边飞来，在他们的上空垂下来一条绳梯。

18 小队陆续登上了飞机，等秦蕊来到飞机内时，一声熟悉的声音叫道：“小蕊！”

秦蕊以为自己听错了，她抬起头，看见角落里坐着一男一女，就像一对金童玉女一样耀眼。

“乔晋？”她无法置信地看着对面的人，因为在直升机有限的空间里，她无法与乔晋拥抱，两个人只能互相对视着，难掩心中的激动。

坐在乔晋身边的罗奚娜和坐在秦蕊身边的黑乌鸦，两个人的脸上都有点异样。

“嗨，有人在看我吗？”坐在飞机内的安娜开玩笑地说道。

安娜向他们解释了发生的事情。

原来乔晋和罗奚娜从信封上找到的电话就是安娜的，当他们拨打那个电话，并且将他们所知道的告诉安娜后，安娜便让人来接他们到亚里亚基地，随后意识到事情的重要性，而刚好派出去救援 18 队的直升机正准备起飞，于是他们便乘着直升机直接飞往这里。

“这到底是怎么回事，你为什么会来亚里亚基地？”秦蕊仍然一头雾水，乔晋不是在学校里吗？为什么又突然和这些事牵扯在一起。

“这件事我们稍后再说，现在最重要是这个。”乔晋将那封信郑重地交到黑乌鸦手中。

“你先看完这封信，然后我们再来讨论。”安娜说道，显然她已经看过那封信了。

“我想这件事可以让他们也知道。”黑乌鸦看着18小队队员们好奇的目光，然后在安娜的同意下，他将信的内容读了一遍。

现在所有的线索终于串联起来了，罗奚娜又向他们解释了罗伊和盖亚门徒所做的事情。

“你能给我看一下那枚硬币吗？”黑乌鸦说道。

乔晋将那枚硬币交给他，但是黑乌鸦刚接住就立即扔到地上，他吸了一口气，大家都看到他的掌心被灼烧出硬币的形状：“怎么会这么烫！”

乔晋从地上捡起硬币，硬币在他手里一点发烫的迹象也没有。

罗奚娜托着下颚：“我知道这枚硬币不是所有人都能使用，但是这么大的排斥，我还是第一次看到，看来这枚硬币是不想让你碰到。”

“我们应该将它带到技术部。”安娜说道，“这枚硬币既然也在盒子中，那就证明也是神器之一，关于那个铁盒里的东西都有异能，又是和血魄困在一起……”

“血魄想要得到铁盒，会不会是想要得到这些神器？”秦蕊说道。

“也有可能……它们惧怕这些神器落入人类之手。”罗奚娜说道。

听到罗奚娜的分析，乔晋突然有种醍醐灌顶的感觉，他说道：“你们还记不记得《亚里亚神鉴》的最后剧情，因为伊雪的不屈不挠感染了小镇的居民，当时小镇居民聚在一起，用他们的诚心打动了上天。可是我们都以为他们是那样才打败了血魄，但是最后提到居民们手里拿的东西，好几件和铁盒里的一模一样，沙漏、镜子、绷带、眼镜……我一直想不明白为什么要提到居民们手里拿的这些乱七八糟根本没什么用处的物品，可是现在看来，也许……”

“也许这些物品才是打败血魄的关键武器！”秦蕊说道。

刹那间，直升机里安静得只剩下飞机行驶中的嗡嗡声。大家面面相觑，直到唐佳佳发出一声：“太好了！我们终于找到对付血魄的办法啦！”

“不过抛去我妈妈的那副眼镜，我们现在拥有硬币、镜子和我妹妹身上的绷带，但是还差一个沙漏。如果不找到厄禹，我们就无法知道沙漏去了哪里。”罗奚娜说道。

“我可以再进去亚里亚灵境找厄禹。”乔晋说道。

“不行。”秦蕊和罗奚娜异口同声地说道，她们彼此看了一眼，罗奚娜说道：“那太危险了，猫先生如果真的操控和利用你和厄禹，现在你已经知道了真相，他可能放过你吗？你别忘了厄禹在写了那封信后不久，就发生了坠楼。”

“可是不这样做，我们就无法找到沙漏。”乔晋说道，“况且我们还不能肯定厄禹的死和猫先生有关。”

看到大家犹豫的样子，乔晋私底下开始偷偷地旋转了硬币。

直升机仍然在飞着，可是里面却只剩下他一个人，突然没了机长，飞机开始直线下降。乔晋虽然有一瞬间的慌乱，但是他想起了厄禹和他说过，这里都是靠想象的。于是他努力地想象落地的场景，等他再次睁开眼睛，已经安全地落到地面上。

他落下的地方仍然是那条通往亚里亚的大道，但是今天的大道看不到鲜花，也没有瀑布和鸟语声，周围都是雾气弥漫着，显得阴沉沉的。看来猫先生果然知道了一切，他还会再出现吗？如果再出现，会对他做什么？乔晋一边想着一边小心翼翼地往前走。

不过来到这里后，他脑海里又浮现了一个疑问，猫先生让厄禹写下那本影响无数小孩童年的图书，又在故事结局透露出对付血魄的方法，这看起来似乎是在帮助他们。可是为什么猫先生要以这种方式来提醒他们？而上一次到这里，猫先生让他重温了故事剧情，目的很可能也是为了提醒他。如果不是那次重温剧情，他刚才也根本想不到那些物品会对应铁盒里的东西。

“猫先生到底是好是坏，又是何方神圣？”乔晋在脑海里不断地思考着这个问题。

02 幕后的凶手

而在现实里的直升机上，发现乔晋晕倒了过去，大家都慌了起来，但是罗奚娜说道：“他趁我们没注意已经进入了亚里亚灵境了。”

秦蕊从他手中拿出那枚硬币，她刚才已经听过乔晋说使用硬币的办法。可是她还没试就被黑乌鸦抓住了手：“你想干什么？”

秦蕊急忙解释：“这枚硬币对我没有排斥，也许我也可以……”

“就算你可以进入，你也不能用。”黑乌鸦说道，“我们现在根本不知道这枚硬币会带来什么样的后果，乔晋太心急了，你难道也这么不理智！”

“克里斯说得对，我们现在最重要的是要回到基地，让有关技术人员对这枚硬币进行检测和分析。”安娜说道，她习惯称呼黑乌鸦的英文名。

回到基地后，他们将昏迷中的乔晋送到了隔离室，做进一步的全身扫描。

“他现在的大脑完全没有了意识，看起来像……”技术员有点为难地说道。

“像什么？”罗奚娜追问道。

“像脑死亡。”技术员回答道。

这个词令所有人都震惊了，秦蕊看着躺在床上完全没有任何反应的乔晋，她抓住他的手，有些忧虑地问道：“你到底去了哪里？”

一个小时过去了，技术部门送回来对于硬币的检测报告，除了一些电子波动，并没有发现异常，可是乔晋仍然昏迷着。对于硬币的检测越是正常就越令人怀疑。

随着时间的流逝，大家越来越紧张不安。

“他不会回不来了吧？”赵茜有点焦虑地问道。

“让我使用那枚硬币试试，求你们了！”秦蕊急迫地在安娜和黑乌鸦面前说道。

如果乔晋死了，她会彻底崩溃的。

安娜看向黑乌鸦，但是黑乌鸦始终不肯松口，如果乔晋真的回不来，他更加不能让秦蕊以身犯险。

两个小时后，秦蕊已经快把手指咬出血来，她不停地看着人群，想要寻找机会去偷走已经重新放回乔晋手中的硬币。

到了两个半小时后，秦蕊站起身来，这时心电图上面的直线突然变成了曲线。

乔晋从床上坐了起来，把守在他旁边的罗奚娜吓了一跳。看到乔晋疑惑的眼神，罗奚娜忍不住抱了他一下。

“我知道沙漏在哪里。”乔晋的声音有点沙哑地说道。

按照乔晋的描述，厄禹在穷困时，不得不卖掉了铁盒里的其他东西，其中也包括沙漏，他向他们描述了那个人的特征。

技术员通过电脑模拟人像，录入了面部识别系统，很快就定位到他的身份证。

亚里亚基地派出了搜寻队和黑乌鸦一起去带回沙漏。

“我得回去罗伊那里。”看到乔晋醒来后，罗奚娜说道，“等我偷走罗伊的眼镜，再到这里和你们会合。”

“我们的分身还在那里。”乔晋说道，“可以让分身分散罗伊的注意力，这样你偷起来也方便。”

罗奚娜点了点头：“我知道该怎么做，罗伊没了眼镜，什么也不是。到时候，我就能救出那些被关押的人，解散盖亚门徒，然后带着我妹妹一起离开。”

事情的进展似乎超过他们想象的顺利，到了第三天罗奚娜带来了她的妹妹、铁盒和罗伊的眼镜，而搜寻队和黑乌鸦也在一星期后带回沙漏。

当所有东西集合在一起时，罗奚南身上的绷带突然自己松开了，罗奚南慢慢地恢复了她自己的身体。而那卷绷带也变成最初的样子，静静地躺在桌上。

他们将东西重新放回盒子里，一道光芒笼罩在整个盒子的四周，所有人的目光都被吸引住了。乔晋将盒子盖上，再重新打开时，四周突然开始震动起来。

外面的整个天空都变成了红色，隔离室所有的玻璃门窗一瞬间都自爆了。室内的所有人不得不全都蹲下身来，这时四面八方无数的红光开始往铁盒中集合，并发出如风呼啸的尖叫声。

等天空渐渐变亮时，乔晋合上了铁盒，所有的声音都消失了。

“现在所有的血魄都收回这个铁盒里了。”乔晋面无表情地说道，“厄禹在亚里亚灵境里已经彻底搞清楚，这些血魄其实是来源于钽星人，位于距离地球 3900 万光年的 NGC 5907 星系。他们原本打算将地球当成殖民地，在到达地球之前，派了先锋队在进行清理工作，而血魄就是他们的先锋。可惜钽星人不了解地球上的时间，原本该在一亿年前到达，却投放错了时间地点，让一位二战时期的博士捕获用以研究，又因为日本战败而自毁殉国也让血魄跟着沉入海底深处。在爆炸中血魄的卵与周围的物品产生感应，使离得最近的物品吸收了它的异能，也产生了抗体，误打误撞地成为对付它的武器。不过现在你们也不用太担心，钽星人真正的部队到达地球还要一亿年左右，我相信那时候，应该足够人类研究出对付他们的办法。”

“太好了。”安娜说道，她接过乔晋手里的铁盒子，“现在我们得把这个铁盒放到绝对不可能让人找得到的地方，这件事就交给我们部队吧，我们需要和各国的总统进行商议。”

“乔晋，你快告诉我，在亚里亚灵境是怎么回事？”秦蕊兴冲冲地跑到乔晋身边问道。

“亚里亚灵境也不过是爆炸中产生的异能，也是抗体的一部分，里面所有的东西都是假象，基于帮助对付血魄而产生的一个地方。”乔晋说道。

虽然乔晋解释了这一切，但不知道为什么秦蕊总觉得醒来后的乔晋有些怪怪的。但是其他人都没发觉，大家都是一副欢庆胜利的放松状态。

“你怎么了？”黑乌鸦走到秦蕊身边。

“没，没什么。可能我想多了。”秦蕊看向和其他人一起欢呼胜利的乔晋。

“你觉得事情还有疑点对吗？”黑乌鸦在她耳边放低声音说道。

秦蕊看向他，黑乌鸦给她递了个眼色，让她到外面去。

他们两个人远离了人群，黑乌鸦说道：“现在说说你的看法。”

秦蕊看了一下周围，确定没人后才说道：“我觉得乔晋醒来后有点不太一样，我不知道是不是我和他分开太久了……”

黑乌鸦犹豫地说道：“实际上，我也有这种异样感，我觉得他醒来后的眼神变了，有点像我以前认识的一个人。”

“谁？”秦蕊吃惊地看着他。

黑乌鸦说道：“编号 0。”

“你是说……”秦蕊忍不住提高嗓门，但随即被黑乌鸦捂住嘴，“小声点，这里是亚里亚基地，到处都是监控。”

“你仍然觉得是和那个相关吗？”现在秦蕊不敢再高调说出智能这个词了。

“你陪我演一场戏。”黑乌鸦叮嘱她道，他伏在她耳边将自己的计划说了出来。

03 最后的一战

秦蕊重新回到了室内，乔晋立即朝她走来：“小蕊，现在你可以跟我回去了吧？”

秦蕊看着他那双看似真挚的眼睛，但她知道这不是她认识的乔晋的眼神，她开口道：“不知道你还记不记得，我们以前经常去的一个地方，经历了这一切后，我真的很想和你再去一次。”

“是吗？我们经常去的地方……”乔晋迟疑着，“你想去我们就一起去。”

“好啊，不过……”秦蕊看向了在另一边的罗奚娜，“你需不需要和你的新女友说一下？”

“什么？不，她不是我新女友。”乔晋挠了挠头，“我怎么可能抛弃你，和别的女孩子在一起？”

秦蕊勉强笑了笑，乔晋是不可能说这样的话的，他从来都会说他们是最好的朋友。“那我们走吧，我真的很想快点见到那个地方。”

秦蕊和乔晋离开了室内，罗奚娜向他们望过来，她似乎想说什么，但最终只是有些失意地别过脸。

“从这里开始，你得蒙上眼睛。”秦蕊说着，从口袋里抽出一条黑布。

“哈，你什么时候喜欢玩上这个了？”乔晋有点疑虑，但是秦蕊是他最信任和最好的朋友,如果他连这样的要求都不答应也太可疑了。

秦蕊蒙上他的眼睛，将他带到了黑乌鸦交代的地点，在那里是亚里亚基地唯一一间没有任何智能产品也没有监控的地方。

当乔晋眼前的黑布被取下来后，他以为会看到什么有趣的景象，可是他看到的却是架在他脖子上的长刀。

“你，你们……”乔晋看着秦蕊和黑乌鸦，再看看周围，顿时有些回味过来，“小蕊，你这是做什么？”

“别叫我小蕊，你根本不是乔晋。”秦蕊生气地说道，“快说，乔晋在哪里？”

假的乔晋仍然无辜地说道：“我不知道你在说什么，你肯定被黑乌鸦骗了。”

“编号 0，不，应该叫你厄禹。”黑乌鸦苦笑着说道，“我们曾经是最好的战友，我真的不想伤害你，但是你得把乔晋给交出来。”

乔晋盯着他，沉默了一会儿，才说道：“你怎么看出来的？”

黑乌鸦说道：“我们是最好的朋友，就像秦蕊和乔晋。最好的朋友，一个眼神就足够。”

乔晋笑了起来，但笑到最后却带着几分哀伤：“在这个世界上最聪明的并不是人类，而是无处不在的智能机器，猫先生就是智能机器的化身。他们渗透了每一处角落，那枚硬币的异能只是增进了智能机器的进化过程。在智能的云世界有一位领袖，我们叫她埃米，即使我让乔晋回来，你们也不可能战胜她，未来的世界终究还是会被智能